Illustration de couverture : Anne-Sophie LATIL (ylatil@aol.com)

ISBN 2-85 112-014-X

Mariama Kesso Diallo

ARCHIPELS littéraires

La chance

Roman

Collection dirigée par Jacques Chevrier

Éditions MOREUX

Souviens-toi!
Car souvent il n'y a ni passé, ni présent, ni avenir.
C'est ainsi que ce livre doit être transcendé.
Le respect par la mémoire de ceux pour qui le mot
"Humanité" veut encore dire quelque chose.
Dans ce récit, le mot "Courage" peut s'écrire avec
un grand "C", incarné à chaque instant
par notre "Penda", si chère à notre cœur.

Nadine Guénin

Le témoignage romancé qui suit veut rendre compte de la fuite rocambolesque d'un jeune couple, Korka Baïlo et Penda Sala, tous deux hauts fonctionnaires de la République de Kouradambou. Korka est ingénieur tandis que Penda est professeur. Ils ont trois enfants : Yala, âgé de 8 ans, Néima 4 ans et Sara 2 ans et habitent la Cité Windè non loin de l'aéroport de Diongas, la capitale.

L'histoire commence en 1977. Kouradambou traverse une crise économique, politique et sociale qui plonge le pays dans les moments les plus sombres de son histoire. Excepté certains privilégiés du régime, notamment la gent au pouvoir qui, parfois, vit dans une opulence criarde, partout règnent la misère et l'insécurité. Au plan économique, tout est subordonné au Pouvoir Révolutionnnaire Local (PRL), la solution à tous les problèmes quotidiens, notamment la nourriture, l'habillement ainsi que toutes les pièces maîtresses nécessaires à la vie civique telles que la carte d'identité, l'extrait de naissance, etc. Au plan politique, l'instauration d'un régime à parti unique et la fomentation de cycle infernal de "complot permanent" ont largement contribué à grossir le flot des migrants. Plusieurs centaines de milliers de personnes, toutes catégories confondues, sont obnubilées par l'idée de quitter le pays. Parmi ces candidats à l'exil, comme tous les jeunes de leur génération, Korka et Penda ne pensent plus qu'à une seule chose : trouver un pays d'asile où les valeurs humaines sont respectées et les conditions de vie meilleures.

Chapitre I

Un jour du mois de juin 1977, comme à l'accoutumée, Korka se lève tôt pour se rendre au bureau. Sur son visage on peut lire l'amertume, le découragement. Toujours pressé, il monte dans la Diane 6, un véhicule qu'il a difficilement hérité d'un expert étranger, dont le contrat vient d'expirer, ferme la portière, démarre, puis éteint le moteur et descend précipitamment, fonce dans la chambre à coucher.

— J'aimerais ce soir que l'on reparle sérieusement de notre projet de voyage, lance-t-il d'un ton autoritaire à sa femme.

— Cela ne dépend que de toi, réplique celle-ci.

Cette journée a été particulièrement longue pour Penda qui attend avec impatience l'entretien avec son conjoint. “Que peut-il me dire de si important ?” Cette question lui revient à tout moment, à tel point que pour une fois, après son travail, elle rentre directement chez elle sans faire un crochet chez ses sœurs Sira et Ndolly, habitant toutes deux le quartier Kolima, l'un des quartiers chics de Diongas. Korka est là sur la terrasse en train de guetter son retour. Sans lui donner le temps de s'occuper des enfants comme elle en a l'habitude, il l'invite dans la chambre, puis ferme la porte à double tour. Korka s'assied dans le fauteuil, à côté de la coiffeuse en face du lit, tandis que Penda prend place dans le lit. Il se lève, se dirige vers la fenêtre, jette un regard à travers les persiennes, revient vers la porte de la chambre, tourne la poignée pour s'assurer que tout est OK. Puis d'une voix rauque à peine audible, il commence :

— Penda, ce que je m'en vais te dire est strictement confidentiel. Tu ne dois en aucun cas le répéter, pas même à tes sœurs. De mon côté, sois sûre que je le garderai jalousement pour moi.

Il se lève, jette à nouveau un coup d'œil à la porte et à la fenêtre. Personne.

— OK ! Tu as compris, hein ? Jure-moi que tu ne diras rien…

— Oui, je le jure. Il faut qu'on parte d'ici le plus vite possible pour aller à Abidjan, en Côte d'Ivoire. Il faut tout mettre en œuvre pour organiser le départ pendant nos vacances annuelles, d'autant que Yala sera également en vacances. C'est vraiment la meilleure période pour s'en aller d'ici. Dès demain, je demanderai au chef du personnel de m'inscrire sur la liste des partants en congés annuels pour le mois d'août, et toi tu feras la même chose à ton niveau. En effet, ici, on ne peut faire confiance à personne, pas même à nos pères, mères, femmes ou enfants. Chacun se méfie de l'autre parce que le président Bakéréba a ses yeux et ses oreilles partout.

Ils se consacrent alors essentiellement et discrètement aux préparatifs du voyage. Penda ne cesse d'y penser. Plus elle y songe, plus elle a peur. Comment s'organiser sans risquer d'être surpris et dénoncé ? Comment cacher ce projet à ses sœurs pour lesquelles, d'ordinaire, elle n'a aucun secret ? Parfaitement consciente des difficultés auxquelles elle va bientôt être confrontée, elle doit pourtant tenir le coup. Oui, cette fois, il ne faut surtout pas flancher, il faut aller seule et aller sûrement. Elle tiendra parole vaille que vaille.

On est au mois de juillet 1977. À Diongas, il pleut pratiquement nuit et jour. Des pluies diluviennes s'abattent sur la ville, rendant certains quartiers inaccessibles et les visites quasiment impossibles. Peu importe pour le jeune couple qui remarque à peine ces intempéries tant il est limité par le temps et absorbé par les préparatifs. En effet, passés les mois de juillet, août et septembre, les congés sont annulés ; en conséquence il est difficile de s'absenter du travail. Le plan est tout tracé : il faut d'abord s'assurer des moyens matériels, spirituels et financiers indispensables à la réalisation du projet. Des jours durant, chacun réfléchit à la manière de procéder. Une nuit, alors que tout le monde dort dans la maison et qu'ils sont dans leur chambre, Korka dit :

— Penda, je crois avoir trouvé la solution à notre problème matériel. Nous n'avons pas à nous tracasser outre mesure. Je propose qu'on vende certains de nos biens, notamment les meubles comme la chaîne-hifi “Grunding”, très appréciée des connaisseurs, ainsi que notre parcelle située au quartier Lombonna, vivement convoitée par les nantis du régime et les rares “trafiquants”, qui restent encore à Diongas. Grâce à ces actions, nous aurons suffisamment d'argent pour partir.

Penda ne trouve pas de meilleure idée. La décision est prise.

— Dès demain, j'irai voir mon ami Pachéco, le trafiquant à la Volkswagen blanche, qui m'a toujours demandé de lui rapporter le même appareil “Grunding” à l'occasion de mes missions à l'extérieur. Je ne t'en ai jamais parlé, mais il a tout fait pour que je lui vende le nôtre ; ces commerçants pensent que l'argent est roi. Quant à la parcelle, je la proposerai à Koutino, le Directeur du port autonome de Diongas, qui depuis plus d'un an me supplie de la lui vendre. Il avait dit qu'il était prêt à mettre le paquet si j'acceptais, car il rêve d'y construire une magnifique villa pour sa troisième épouse, la belle Massarankè, l'hôtesse de l'air.

Penda trouve cette idée géniale.

— Voilà qui est réglé. D'ailleurs, j'irai avec toi, comme ça, ils seront sûrs que c'est d'un commun accord que nous leur vendons nos biens.

Le lendemain, samedi matin, à sept heures précises, le couple quitte son domicile pour se rendre chez Pachéco, à l'autre bout de la ville au quartier Sirréya. Le trajet dure seulement quarante-cinq minutes : le week-end, la circulation est fluide et il y a peu d'embouteillages. Prêt à sortir, il est sur le point de monter dans sa voiture, quand Korka l'interpelle :

— Bonjour Pachéco !

Surpris par cette visite matinale et inopinée, Pachéco se retourne et dit :

— Salut, chers amis, que me vaut cette visite si tôt ce matin ?

— Rassure-toi, il n'y a rien de grave, nous aimerions juste nous entretenir avec toi si tu as un moment à nous accorder, ça ne sera pas très long.

Pachéco les invite à entrer. C'est une magnifique villa entourée d'une clôture toute blanche Dans la cour, des cocotiers nains et des fleurs de toutes sortes ornent la maison. Avant d'arriver dans la salle de séjour, une superbe terrasse faisant trois fois celle de leur maison sert de petit salon. Là, des meubles de jardin sont soigneusement disposés, sans doute, pour recevoir certains visiteurs ou prendre l'air le soir. À l'intérieur de la maison, la salle de séjour fait environ 150 m². Elle comprend deux salons importés, en cuir, l'un de couleur beige, l'autre bleu. Sur les fauteuils, des napperons tricotés à la main pour les protéger de la poussière et des pommades utilisées par les femmes pour leur chevelure. Partout sur le plancher des tapis décorés se mariant aux meubles. Au fond, dans la salle à manger une table d'une douzaine de couverts au bois rouge, ainsi qu'une imposante bibliothèque en formica blanc. Dans cette bibliothèque, à la place des livres, Yoto, l'épouse de Pachéco a rangé des bibelots de toutes catégories : canards, souris, oiseaux, chevaux, vases, etc. On se croirait dans une boutique de vente de bibelots tant le stock est varié. On remarque également de la vaisselle moderne, celle dont Penda a toujours rêvé : des assiettes et tasses en porcelaine, des bols en aluminium, des verres en cristal, et plein d'autres objets que seule la “high society” peut avoir par les temps qui courent. Penda a par ailleurs toujours envié cette dame élégamment habillée, qu'elle rencontre souvent lors des cérémonies sociales et religieuses

Après avoir jeté un œil à toute la pièce, Penda se rend compte qu'il manque effectivement une chaîne-hifi. Toutefois, un grand radiocassette est posé sur le buffet. “Très bien, se dit-elle, notre appareil sera bienvenu. Je suis sûre qu'on pourra le vendre à bon prix.” Korka, assis auprès d'elle, lui envoie un petit coup de pied pour la ramener à la réalité.

— Pachéco, s'exclame-t-il enfin, tu es un ami de longue date. J'ai toujours su compter sur toi dans les moments durs. Si je suis là ce matin en compagnie de ma femme, c'est pour t'exposer un problème important qui se pose à nous. Je sais qu'à maintes reprises, tu m'as demandé de te vendre mon appareil “Grunding” que j'ai rapporté de ma dernière mission au Kenya. Malheureusement, à l'époque, je ne pouvais pas le faire, parce je n'étais pas certain d'avoir une autre occasion de sortir du pays. À présent, on m'a promis une bourse de perfectionnement professionnel de six mois à Londres. Je dois partir dans quelques jours et je n'ai pas assez d'argent à laisser à ma famille. J'ai pensé qu'on pourrait, toi et moi, trouver un arrangement. De toute façon, j'ai beaucoup hésité avant de te vendre ma chaîne. Je te ferai, à toi, un prix d'ami.

Sans le laisser terminer, Pachéco, visiblement pressé, demande :

— Combien me proposes-tu ?

— Euh ! Euh !

Puis se tournant vers Penda,

— 100 000 sylis pour toi, parce que tu es un frère.

Yoto vient de faire son entrée dans la salle de séjour drapée d'un kimono que son mari lui a probablement rapporté de ses multiples voyages d'affaires en Asie. Elle serre la main aux visiteurs et va s'asseoir à côté de Pachéco dans le divan. Il la met tout de suite au courant.

— Combien veulent-ils ? demande-t-elle.

— 100 000 sylis, répond Korka.

Yoto et Pachéco, faisant partie de ceux pour qui le matériel passe avant tout, acceptent sans discuter le montant proposé.

Pachéco semble même très enchanté de cette offre d'autant qu'il connaît bien la valeur d'un tel appareil. C'est lui qui, grâce à ses relations avec le Directeur de la douane de l'aéroport, a aidé son ami à son retour du Kenya à dédouaner ses affaires, il y a trois mois seulement. L'appareil est donc neuf.

— Apportez-moi ce soir même l'appareil, l'argent sera prêt.

Korka et sa femme remercient leurs amis, puis prennent congé d'eux en promettant de revenir à vingt-trois heures précises. Durant leur retour, ils n'ont pas cessé de remercier le bon Dieu. Il est dix heures passées de quelques minutes lorsqu'ils arrivent chez eux. Les trois enfants courent à leur rencontre, demandant tous les trois à la fois :

— Où étiez-vous ?

— À Kolima chez mes sœurs, s'empresse de répondre Penda.

Pendant que Korka commence à nettoyer le combiné, elle appelle la première bonne.

— Wourdè, où est Djombo ?

— Elle balaie l'arrière-cour.

— As-tu fini de préparer le petit-déjeuner ? demande-t-elle encore.

— Oui Diadia[1], répond Wourdè qui sans tarder invite Sara, Néima et Yala à se mettre table. Petit-déjeuner c'est vraiment trop dire. En fait, il se compose d'une bouteille thermos de deux litres de quinquéliba, cette boisson amère fabriquée à base de plantes médicinales locales et très efficaces contre certaines maladies, notamment le paludisme et le rhume. Cette

1) “grande sœur”

boisson est accompagnée de trois cuillerées de sucre cubain en poudre et d'un tapallapa[2]. Ensuite, Penda et Korka les rejoignent très détendus, si détendus que Penda se met subitement à fredonner une chanson. Ce qui lui arrive rarement à cause des multiples problèmes qui la préoccupent journellement. “Bientôt fini avec ce quinquéliba qu'elle aussi avale malgré elle, ce tapallapa au mauvais goût et cette poudre ocre, oui, bientôt mes enfants déjeuneront avec du vrai pain, du beurre, du lait et du sucre. Pourquoi pas du fromage, des œufs ?”

Toutes ces denrées ne sont pas en effet destinées aux fonctionnaires de l'État. Le ravitaillement en denrées alimentaires est organisé par le Parti Unique depuis des années, les marchés publics ayant été interdits par la Révolution. Chaque famille a un carnet de ravitaillement, comme au moment de la guerre dans certains pays européens. Ceux qui n'assistent pas aux réunions hebdomadaires, les vendredis soirs et ceux qui s'absentent des travaux collectifs des comités de base du Parti Unique n'ont pas droit au ravitaillement alimentaire. Elle rêve, rêve encore comme d'habitude, quand Sara, le plus jeune de ses enfants repousse violemment sa tasse en pleurant :

— Je veux du lait, je veux du lait, je ne bois pas ça, c'est pas bon !

Il se lève, tire sa mine et va s'asseoir au coin, près de la porte, comme il le fait chaque fois qu'il est fâché. Néima le suit boudant aussi, tandis que Yala, l'aîné, s'efforce d'avaler quelques gorgées. Ce qu'il faut rappeler, c'est que Ndolly, la sœur de Penda travaille dans une entreprise autonome qui chaque tri-

---

2) “pain artisanal”

mestre donne quelques vivres à ses employés pour les motiver, tels que le sucre en morceau, le beurre, le lait, les savons de toilette, le dentifrice, etc. Ce petit stock, prévu normalement pour une personne, Ndolly, qui pourtant a sa propre famille, le partage chaque fois avec ses sœurs Sira et Penda. Elle est d'une bonté légendaire, toujours prête à partager et à se priver pour rendre service aux autres.

Sitôt fini le déjeuner, Korka se remet à nettoyer l'appareil. Pour le rendre plus brillant, il applique soigneusement une couche de vernis acheté spécialement pour son entretien. À présent que le problème financier est en voie d'être résolu, il faut penser à d'autres choses. Mais ils auront toute la nuit pour le faire. Pour le moment, l'important consiste à trouver un moyen de sortir l'appareil à l'heure venue, sans attirer l'attention de Tirankè, reconnue comme les oreilles et les yeux de Bakéréba. Pour éviter d'avoir une conversation avec elle, Penda fait tout pour ne pas paraître sur la terrasse qui fait face à celle de Tirankè. Elle se met à trier le linge dans la chambre des enfants, puis se rassure qu'elle a fini de corriger les copies d'examen des élèves et que toutes les notes ont été relevées. Dans tous les cas, conformément au règlement scolaire, elle doit les déposer impérativement au Directeur des études de son établissement, le lundi 5 juillet, c'est-à-dire le surlendemain, dernier délai fixé. “Voilà qui m'arrange, pense-t-elle, et ce sera bon débarras et sans regret”, car elle n'a que le départ en tête.

La journée du samedi a été si remplie que ni Penda, ni son mari n'ont vu le temps passer. À vingt-deux heures, Korka sort, fait le tour de la maison. Personne dans la cour des voisins. La télévision est à ses débuts à Diongas. À la cité Windè, seule la famille de Tirankè en dispose : son oncle est un haut placé et grand ami de Bakéréba. Les mauvaises langues racontent que c'est Bakéréba qui aurait donné la télévision à Tirankè pour la récompenser pour les services rendus. Ainsi, la plupart des habitants de la cité se retrouvent chez elle pour visionner des films ou écouter les informations. Korka refait le tour du bâtiment, une fois, deux fois, personne, c'est bon, ils peuvent sortir le combiné avant la fin des émissions.

— Benthè, Benthè, viens vite m'aider !

Benthè est l'un des trois domestiques qui habitent avec la famille, les deux autres étant des jeunes filles qui aident Penda pour la cuisine, le ménage et pour surveiller les enfants. Leur maigre salaire est directement versé à leurs parents au village. Le domestique, communément appelé boy, qui fumait sur la véranda de l'autre côté de la maison accourt et rejoint son patron au salon, tandis que Penda se colle à la porte de l'entrée principale pour surveiller les passants et les voisins. “Pourvu que cette maudite ne sorte pas à ce moment !” L'arrière de la Diane 6 touche presque la dernière marche de la terrasse. Korka et Benthè avancent péniblement ; l'appareil pèse lourd et il faut faire très attention pour ne pas le faire tomber et l'abîmer. Doucement, les deux hommes le posent dans le coffre de la voiture. Pendant que le domestique referme le coffre, Korka et sa femme se précipitent dans la voiture qui en moins d'une minute démarre à toute pompe. À vingt-deux heures quarante-cinq, ils sont devant la maison de Pachéco. Là non plus, personne dehors, excepté la bonne qui fait la vaisselle. Korka ordonne à

Penda d'annoncer leur arrivée, pendant qu'il reste dans la voiture pour surveiller l'appareil. En la voyant, Pachéco sort, suivi de deux gaillards.

— Bonsoir, mon ami !

— Bonsoir, répond Korka qui descend et ouvre le coffre de la voiture.

Les deux gaillards saisissent la stéréo apparemment sans trop de peine et foncent droit dans la salle de séjour où attend Yoto.

— Placez-le au coin gauche près de la télévision.

Elle invite le couple à prendre place, alors que Pachéco se dirige dans la chambre, sans doute pour chercher l'argent. Quand il ressort, il tend une enveloppe à Korka en prenant soin de lui dire :

— Voici ton argent, mais compte avant de partir, on ne sait jamais.

Korka ne se le fait pas répéter. Oui, c'est bien 100 000 sylis ; puis il tend à son tour l'enveloppe à sa femme qui l'enfonce dans son sac à main qu'elle serre très fort sous le bras droit. Ils remercient encore Pachéco et Yoto qui ne se doutent de rien et prennent congé d'eux.

Il est presque minuit quand ils arrivent chez eux. Les barrages des miliciens du Parti qui sont, comme de coutume érigés partout toutes les nuits commencent à se mettre en place pour contrôler le déplacement des populations. Yala, Néima et Sara dorment tous comme Wourdè et Djombo, les petites bonnes. Seuls Benthè et Sadjouma le gardien, continuent de veiller sur la terrasse. Penda va justement se coucher quand elle entend dans l'obscurité une voix qui l'interpelle :

— Penda, Penda, on ne s'est pas vues de la journée, tu as dû être prise par tes corrections.

Elle n'a même pas le temps de répondre que Tirankè qui raccompagne Sitan, une autre voisine venue regarder la télévision chez elle, fait irruption dans son salon malgré l'heure tardive.

— Tiens ! s'exclame-t-elle fort, au point de réveiller les gosses. Où est votre stéréo ?

C'est vrai que l'appareil est si volumineux qu'il laisse déjà un grand vide et attire vite l'attention des habitués de la maison.

— Qu'en avez-vous fait depuis hier ? Quand je suis venue te demander les oignons pour la salade de mon mari, dans la soirée d'hier, elle était bien là.

Elle ne tarissait pas de questions ; énervée par cette intrusion dans sa vie privée à laquelle Tirankè prenait de plus en plus goût, Penda répond presque violemment :

— Il est tombé en panne, quelqu'un a dû le tripoter pendant qu'on était au travail.

Évidemment, Tiranké, illettrée de son état, n'exerçait officiellement aucun métier, excepté celui que tout le monde connaît, fournir des renseignements sur les voisins.

— Nous l'avons déposé chez le réparateur et devons aller le chercher mercredi, ajoute Penda d'un ton naturel qui ne convainc apparemment pas Tirankè, qui sait que personne n'ose toucher à l'appareil en l'absence du couple, leurs enfants étant tous jeunes.

Puis elle dit au revoir et rentre chez elle. Cette intrusion bouleverse Penda qui passe une nuit blanche à se demander si l'espionne ne les a pas vus transporter la stéréo, malgré toutes les précautions prises. Elle préfère ne rien dire à son mari jusqu'au matin.

La matinée du dimanche est calme dans la maison et naturellement pas de musique. Les enfants sont réveillés et ne peuvent pas écouter le disque de Chantal Goya que Yatou, la sœur de Penda, vivant à Paris depuis longtemps, leur avait envoyé. Ils sont tous trois tristes et ne cessent de demander quand la stéréo sera réparée et retournée. Penda comprend la réaction des enfants, puisqu'elle-même adore écouter la musique le week-end. C'est à peine si elle ne regrette pas déjà l'appareil qui rendait la maison gaie et lui permettait de noyer ses soucis et surtout d'écouter toutes ces belles chansons qui lui rappellent sa petite sœur qu'elle aime tant et lui manque beaucoup malgré toutes ces années de séparation. En effet, Yatou avait fui le pays comme des dizaines de milliers de jeunes, et était partie clandestinement en France, rejoindre certains membres de leur famille et dans l'espoir de trouver un avenir meilleur. À l'époque, aucune communication n'était possible avec la famille restée au pays. Pourtant, chaque fois que Yatou a eu l'occasion d'envoyer quelque chose à Penda et à ses proches, elle l'a fait. "Tant pis, se dit-elle, il nous faut bien trouver des sous pour partir à notre tour. Oui, partir aussi. L'avenir c'est là-bas, à l'étranger et en plus qui sait, si le bon Dieu le veut, un jour je reverrai Yatou et tous les proches et amis partis pour l'exil." Elle se console à cette idée.

Korka, sorti de bonne heure, vient d'arriver. Penda remarque tout de suite une assurance en lui, un optimisme.

— Où étais-tu parti si tôt ? demande-t-elle.

— Voir Koutino, le Directeur du port pour lui proposer la parcelle.

— Qu'a-t-il dit ?

— Il est toujours très intéressé et prêt à l'acheter. Nous devons ensemble aller cette après-midi avec Massarankè, sa femme préférée, voir le terrain. Nous devons également passer les chercher chez eux à dix-sept heures.

— Bien joué ! dit Penda en guise de reconnaissance à son mari, puis elle disparaît dans la cuisine afin d'accélérer le repas du midi et pour ne pas arriver en retard à un rendez-vous aussi important.

Ce jour-là, le repas finit plus tôt que d'habitude. Généralement, les samedis et dimanches, la famille déjeune tard, Penda en profitant pour faire le ménage à fond ainsi que les autres tâches domestiques, comme le repassage, la vaisselle et le jardin. Penda propose alors à Korka de faire un crochet à Kolima, chez ses sœurs, pour y laisser les enfants et leur permettre de jouer avec leurs cousins comme c'est souvent le cas le dimanche. Ils partent donc tôt de la maison. Après les avoir déposés chez Sira, la grande sœur, ils foncent droit chez Koutino qui habite Bellevue, un quartier résidentiel de Diongas, non loin de Kolima. Ils arrivent juste à l'heure, mais apparemment Koutino est sorti. La grosse Toyota 4x4 n'est pas garée dans la cour. Ils sont sur le point de descendre du véhicule quand Massarankè, qui raccompagnait une amie, les aperçoit.

— Ah ! Vous êtes là ? Entrez donc, mon mari a été convoqué d'urgence par son ministre. Il me charge de vous dire de patienter, il sera de retour le plus vite possible.

Penda a toujours éprouvé une sympathie pour Massarankè qui passe pour être l'une des plus belles femmes de Diongas. Quand elle était plus jeune, elle avait été élue Miss de Kouradambou. Penda n'arrête pas de la contempler. Sa beauté et son élégance ne laissent personne indifférent. C'est une grande femme, mesurant environ 1 mètre 75, fine, avec de grands yeux en amandes, un petit nez aquilin hérité de sa grand-mère qui est, semble-t-il, maure. Ni foncée, ni trop claire, elle a un teint bronzé, les cheveux longs et lisses qui mettent davantage son charme en relief.

Koutino habite une immense maison à étage avec ses trois femmes et de nombreux enfants. Dans la salle de séjour, tout le luxe possible et imaginable. De gros fauteuils en cuir plus modernes, plus beaux que ceux de Pachéco, une chaîne-hifi avec un magnétoscope de marque japonaise, des tapis blancs et roses grisâtres, des bibelots, statuettes et autres objets de décoration. Sur le mur qui sépare le salon des chambres, on remarque une bibliothèque classique en bois massif sur laquelle des dizaines de livres sont soigneusement rangées. La plupart sont en russe, Koutino ayant fait ses études universitaires en Union soviétique. Des rideaux blancs en soie ornent la baie vitrée ainsi que les fenêtres du salon. Dans la salle à manger séparée du salon, du côté droit, se dresse une grande table en vitre verte autour de laquelle on peut compter douze chaises finement confectionnées, tandis qu'à gauche est placé un buffet également en verre qui laisse entrevoir de la vaisselle en porcelaine. Au fond de la salle à manger, on aperçoit la cuisine qui donne sur l'arrière-cour. Penda remarque du mobilier électroménager dernier cri : un réfrigérateur et un congélateur de marque “Brandt” et une grosse cuisinière électrique. Penda a rarement vu une maison aussi belle et bien équipée. Même celle de Pachéco, pourtant superbe, n'égale pas celle-ci. Absorbée par tout ce qu'elle vient de découvrir, elle n'a pas fait attention à Koutino qui arrive presque en courant.

— Excusez-moi de vous avoir fait attendre tout ce temps, mais le ministre avait besoin de moi parce qu'il doit se rendre demain à une réunion à La Havane. À présent, je suis à vous.

Il ignorait ses deux premières épouses qui se trouvaient aussi au salon. La première, professeur, est une collègue de Penda.

— Massaran, toi, viens avec nous, tandis que les deux premières femmes les accompagnent jusqu'au portail.

Ce jour, Penda maudit encore une fois la polygamie et prie Allah de ne jamais lui donner une co-épouse.

Koutino les invite à monter dans sa voiture pour aller plus vite. En trente minutes, ils sont sur les lieux. Le quartier Lombonna est situé sur une colline qui domine la ville de Diongas. La parcelle de Korka se trouvant au sommet, donne une excellente vue sur la mer. La nature est encore intacte à cet endroit et l'accès difficile. Beaucoup de personnes ne souhaitent pas y habiter, en tout cas pas dans l'immédiat, c'est assez distant du centre ville. D'ailleurs, Korka a hérité cette parcelle de son père qui l'avait achetée à l'époque coloniale. C'est un immense domaine qui fait plus de 2 000 m^2. Le père de Korka y avait planté une grande variété d'arbres fruitiers, notamment des manguiers, avocatiers, orangers, pommes d'acajou, citronniers, bananiers et cocotiers nains.

— Massaran, voilà la parcelle que je voudrais t'offrir. Qu'en penses-tu ? demande Koutino à sa dulcinée.

— Elle est magnifique et je serais heureuse d'y habiter avec toi et nos deux enfants. Nous pourrons les élever tranquillement loin de toutes les mesquineries des ménages polygames.

Se tournant vers Korka et sa femme, Koutino demande :

— À combien me la vendriez-vous ?

— 700 000 sylis, chef, répond Korka, parce que c'est vous, pour un autre, nous en aurions demandé un million. Mais les relations humaines sont plus fortes que l'argent. Qui sait ? Peut-être qu'un jour c'est nous qui aurons besoin de vous ?

Puis se tournant à nouveau vers sa préférée, il ajoute :

— Je te construirai pour toi seule une superbe villa en duplex comme celle de mon ami Kouakou qui nous avait invités à dîner aux Deux Plateaux à Abidjan lors de ma dernière mission.

Au retour, la future villa a été l'unique sujet de conversation. À leur arrivée, Koutino descend et cinq minutes après, revient avec une grosse enveloppe qu'il tend à Korka. Ce dernier l'ouvre, compte l'argent et acquiesce par un signe de la tête et tend l'enveloppe à Penda en lui rappelant qu'il faut bien tenir son sac à main.

Il est presque vingt heures et la nuit est tombée, quand ils passent récupérer les enfants à Kolima. Sira était avec eux chez Ndolly.

— Vous êtes restés longtemps, remarque Sira, on commençait à avoir peur.

— Où étiez-vous ? enchaîne Ndolly.

— Chez mon cousin Gassim, le militaire qui célébrait le baptême de sa fille, née la semaine dernière.

Les deux sœurs ne se doutent de rien. Elles accompagnent la petite troupe jusqu'à la voiture, Ndolly portant Sara qui dort déjà sur son dos, tandis que Sira tient la main de Néima pour ne pas qu'elle tombe. Yala les a devancés, pressé de partir. Au moment où ils entrent dans leur maison, la pendule sonne vingt-et-une heures. Penda, aidée de Wourdè et de Djombo, couche les gamins qui avaient mangé chez leur tante pendant que Benthè repasse le linge. Penda enfile son peignoir pour aller prendre son bain quand Wourdè, la plus âgée l'arrête.

— Je voudrais te parler.

— Dépêche-toi, répond Penda, je suis fatiguée avec vos histoires, Djombo et toi…

Sans lui laisser terminer sa phrase, Wourdè l'interrompt :

— Il ne s'agit pas cette fois de nous ; je voulais juste te dire que Tirankè est venue plus de trois fois vous demander ; elle a même essayé de nous sonder pour savoir où vous avez emporté la stéréo hier et où vous êtes allés cette après-midi.

— Et que lui avez-vous répondu ?

— Benthè lui a dit qu'on ne savait rien et qu'elle n'avait qu'à te le demander. Elle s'est énervée à cette réponse et a traité Benthè d'impoli et nous deux d'hypocrites.

— Oui, c'est vrai, reprend Djombo, elle nous tous insultés.

— Quelle vipère ! continue Penda. Je prie le Tout Puissant de m'éloigner de cette espionne. Elle me rend malade, elle est toujours là à épier nos moindres gestes et paroles. Qu'elle aille au diable, qu'elle aille donc se faire voir ailleurs.

Puis, elle ordonne aux bonnes de fermer toutes les portes

à la clef avant que l'intruse ne vienne, car elle n'a aucune éducation et peut donc arriver à n'importe quelle heure du jour et de la nuit. Elle va vite prendre son bain. Autour de la table à manger où elle vient retrouver son mari, elle lui rapporte exactement ce que les fillettes lui ont raconté.

— Ce n'est pas grave, elle ne pourra rien contre nous. Seulement nous devons redoubler de vigilance, faire en sorte qu'elle ne soit pas braquée. Au contraire, il faut que tu te rapproches d'elle. De temps en temps, rends-lui de courtes visites. Si elle passe te voir, reçois-la correctement. Enfin... tu comprends ce que je veux dire.

— Oui, promet Penda qui n'a pourtant jamais porté cette femme dans son cœur.

— La nuit ne fait que commencer. Maintenant que le problème financier ne se pose plus, il faut néanmoins "regarder la route", comme ça se dit dans leur langue. Il n'est pas question de prendre des risques. Ce qu'il faut savoir, c'est que si ce projet échoue, nous sommes morts. Bakéréba et son équipe vont nous tuer tous. Dès demain, nous irons trouver Karamoko Bassè, un grand ami de mon père réputé pour sa voyance, conclut Korka avant de plonger sous la couverture.

Le lendemain, lundi, dès quinze heures, fin de la journée de travail grâce au système de journée continue, Korka et sa femme se rendent au domicile du grand marabout, au quartier Misra, situé dans la banlieue nord de Diongas, à une vingtaine de kilomètres du centre ville. De nombreux clients attendent dans la cour et sous la véranda. Certains même depuis des heures. Ils prennent place à l'extérieur, sur l'un des bancs alignés sous le grand manguier pour protéger les visiteurs contre la chaleur torride. L'ordre d'arrivée est de rigueur. Dans la maisonnette, au fond de la concession, le maître accueille ses hôtes à tour de rôle. Selon la nature du problème, des clients peuvent passer vingt à trente minutes à l'intérieur, d'autres à peine dix. Huit personnes sont passées avant que Rama, la fille du marabout ne leur fasse signe d'entrer. Elle les conduit alors dans une petite chambre mal éclairée, malgré le soleil ardent de la journée.

Le vieillard est assis sur un somptueux tapis d'Orient au milieu de la pièce. À sa droite, sur une table rustique, de nombreux volumes du Saint Coran et des ouvrages en arabe sont entreposés. À sa gauche, divers objets tels que des canaris, bouteilles, planchettes, fils à coudre, étoffes et amulettes. Enfin, en face de lui, on remarque deux grands chapelets, un de couleur noire, l'autre blanche ainsi que quelques versets du Livre Saint. Dès qu'il voit entrer le couple, il se lève, serre la main à Korka, laissant choir celle de sa femme ; celle-ci ignore que Karamoko Bassè ne sert jamais la main aux femmes. Penda est glacée. “Tant pis, se dit-elle, pourvu qu'il nous éclaire sur notre projet.” Il invite le couple à prendre place sur la natte près de la porte. Après les salutations d'usage et le rappel de son amitié avec le père de Korka, il interroge celui-ci sur l'objet de sa visite. Korka explique alors succinctement son projet de voyage à l'étranger, en l'occurrence en Côte d'Ivoire, avec sa femme et ses enfants, fin juillet-début août, tout en spécifiant qu'il souhaiterait savoir ce que l'avenir leur réserve dans ce pays inconnu. L'érudit l'écoute attentivement, puis il se penche du côté droit, sort le plus volumineux volume du Coran. Il feuillette plusieurs pages et s'arrête soudain sur l'une d'elles. Il pose l'ouvrage sur le tapis sur un voile blanc visiblement rapporté lors d'un de ses multiples pèlerinages à La Mecque, puis commence à lire à haute voix. Penda est impressionnée par cette lecture, émue jusqu'à en pleurer. Jamais elle n'avait entendu une pareille voix. Sans même remarquer l'état d'âme de cette femme, le maître continue la lecture pendant un quart d'heure, puis prend une feuille blanche, note des choses, tourne les pages, puis s'arrête à nouveau sur deux pages écrites en rouge et vert et enfin referme l'ouvrage qu'il remet soigneusement à sa place. Il saisit successivement son chapelet noir, puis le blanc, les égrène chacun trois cent dix fois. Il reprend la feuille blanche, y trace de long en large des figures géométriques composées de cercles, carrés, rectangles, losanges et triangles. Une trentaine de minutes s'est écoulée, le marabout se tourne enfin vers le couple puis, d'un ton rassurant, il révèle :

— Votre voyage est imminent. Je vois une grande ville avec beaucoup de monde, de la lumière. La route sera longue mais claire comme l'eau de roche. Vous n'aurez pas de gros ennuis durant le trajet. Dieu vous accompagne.

Il souffle, reprend le chapelet blanc, l'égrène encore trente-trois fois, puis ajoute :

— Oui, Dieu est avec vous, mais... il hésite quelques secondes, se tait, reprend d'un ton plus dur, mais, attention ! Une femme de petite taille, teint noir, assez menue, qui habite juste en face de vous, vous surveille. Elle est extrêmement dangereuse. Vous devez vous en méfier comme de la peste. Vous ne partirez pas tous ensemble, vous devez voyager séparément, sinon vous aurez des problèmes.

Il fait une pause à nouveau puis continue, les yeux fixés sur la feuille blanche.

— Toutefois, chacun de vous quittera un lundi votre domicile, à l'aube de préférence. En sortant, il faudra éviter de vous retourner jusqu'à ce que vous arriviez au carrefour de l'aéroport. Les sacrifices à faire pour accomplir ce voyage sont très nombreux et complexes. Si vous les faites convenablement, je vous garantis une réussite totale. Il s'agit donc d'enlever :

1) quatre-vingt dix-neuf noix de colas blanches attachées dans une toile rouge, le tout fortement attaché avec du fil blanc, à offrir aux fidèles lors de la prière de Dohr à treize heures à la grande Mosquée ;

2) une chèvre blanche et rouge à immoler, la viande partagée entre les amis et la famille. Cependant, vous deux et vos enfants ne devrez en aucun cas goûter à cette viande ;

3) un sac de sel de cuisine à donner aux pauvres, notamment aux mendiants assis autour des lieux saints ;

4) enfin, dix mètres de tissu blanc à donner à un sage.

Pour conclure, il ajoute :

— Votre chemin sera droit comme une flèche si vous faites comme il faut ces sacrifices.

Il se lève à nouveau, serre encore la main de Korka.

— Qu'Allah vous bénisse.

Dehors, le soleil est couché. Le crépuscule ne va pas tarder à tomber. Les canards, coqs, poules et poussins caquettent et se bousculent sans arrêt pour regagner le poulailler placé dans un coin de la véranda. Au fond de la cour, la vieille Saly, l'épouse du marabout, s'affaire à rentrer les chèvres et les moutons dans l'enclos. Sur le chemin du retour, Penda et son mari, fortement fascinés par les vertus du vieillard, ne tarissent pas d'éloges. La journée à été fatigante mais fructueuse.

À la maison, Yala, Néima et Sara boudent.

— Vous avez trop tardé, fait remarquer Néima, plus espiègle que ses frères.

Chacun se met à raconter ce qui s'est passé en l'absence des parents. Tantôt c'est Sara qui se plaint parce que Yala lui a pris son tricycle, tantôt c'est Néima parce que Djombo a joué avec Tania, sa poupée adorée, ou encore Yala parce que Wourdè lui a donné une tape parce qu'il est allé jouer chez Idi, son copain sans permission. Bref, de part et d'autre, les histoires ne manquent pas. Penda connaît si bien ses enfants qu'elle trouve toujours un moyen pour consoler chacun. Quand les gamins ont fini de s'accuser les uns les autres, Benthè arrive incognito. Il a l'âge de son mari, célibataire, très sérieux et peu bavard. Tout le monde lui fait entièrement confiance dans la maison. Le repas est terminé. Ils sont tous au salon. Il prend place sur le tabouret placé près de la petite porte.

— Patron ! lance-t-il au père de famille. Je ne comprends pas ce qui se passe depuis trois jours. Tirankè, notre voisine ne nous laisse plus tranquille. Elle passe son temps à faire des va-et-vient entre chez elle et ici. Elle pose des tas de questions, trouve que votre emploi du temps est trop chargé depuis ce week-end. Elle a encore demandé où était la stéréo.

Il se tait trois secondes, puis :

— Patron, j'ai peur de cette femme. Elle cherche à tout prix des informations. Que faire ?

— Ne t'inquiète pas, Benthè. Cette femme perd son temps.

Nous ne faisons rien de mauvais. On a été simplement très pris depuis samedi...

On frappe à la porte principale. À peine Penda a-t-elle le temps d'ordonner à Djombo d'aller ouvrir que Tirankè fait irruption.

— Enfin ! Vous voilà. Je pensais que vous n'habitiez plus cette cité tant vous vous faites rares...

Cette phrase va droit au cœur de Penda, qui se lève brusquement. On lit la colère dans ses yeux. Alors qu'elle est sur le point de commettre une gaffe, son mari tire sa camisole pour la retenir, l'obligeant à se rasseoir. Banalisant la question de Tirankè, il s'empresse de répondre avant que sa femme ne le fasse :

— Tu vois, ma chère, nous avons acheté une toute petite parcelle à Tabiri. Nous passons une bonne partie de notre temps à l'aménager pour ne pas qu'on nous l'enlève. Tu n'es pas sans savoir que si tu achètes un lopin de terre à Diongas et que tu ne mets rien dessus, tu risques de le perdre. Alors, ma femme et moi sommes en train de construire une annexe et de planter des arbres et des fleurs en attendant d'avoir les moyens de construire la maison principale, comme vous l'avez déjà fait ton mari et toi.

Surprise par cette réponse, parce qu'elle sait que l'acquisition d'un terrain à Diongas par un fonctionnaire de l'État est un véritable casse-tête, surtout pour un couple qui vit uniquement de son salaire et qui a du mal à joindre les deux bouts, Tirankè réplique :

— Je vous félicite et si en tout cas vous avez besoin de nos services, n'hésitez surtout pas.

Mais son ton cache mal son manque d'enthousiasme. On dirait qu'elle éprouve une jalousie qu'elle a de la peine à dissiper. Cette nuit-là elle prend congé plus vite que d'habitude, au grand soulagement de la maisonnée.

Les préparatifs battent leur plein. Plus les choses avancent, mieux ça vaut. Toumbo, le chauffeur, est déjà arrivé. Il était en train de nettoyer la voiture quand Korka l'appelle à l'intérieur.

— Tu vas me déposer au bureau. Ensuite je voudrais t'envoyer à Longoria chez mon cousin avec Benthè pour m'acheter une chèvre, pas n'importe quelle chèvre, une chèvre blanche et rouge. Je dois faire un sacrifice pour obtenir la bourse qu'on m'a promise pour un perfectionnement professionnel au pays des Blancs. Tout est encore confidentiel, et à part ma femme, personne n'est au courant. Si j'apprends que l'un d'entre vous en a parlé, il aura affaire à moi. Vous savez que si je me fâche, je suis capable du pire.

Les deux hommes ont en effet une peur bleue de leur patron.

— Vous pouvez compter sur notre discrétion, s'empresse de dire le boy.

Et le chauffeur d'ajouter :

— Si les morts parlent, nous parlerons aussi.

Rassuré par ce serment, Korka remet à Toumbo le montant de 25 000 sylis. Ainsi dit, ainsi fait.

Quant à Penda, elle a commencé ses vacances. Les établissements scolaires sont fermés. Tout le monde attend avec impatience les résultats des examens, en particulier les baccalauréats, le brevet et l'entrée en sixième. Penda, qui pourtant adore ses élèves, n'a même plus le temps d'y penser. La journée tire à sa fin, Toumbo et Benthè ne sont pas encore rentrés. Korka s'est fait déposer à la maison par un collègue.

— Pourvu qu'il ne soit rien arrivé, avec ces miliciens fous postés à chaque kilomètre sur cette route frontalière.

— Mais non ! Tu sais, ça ne doit pas être facile de trouver une bête comme celle que nous attendons.

— Tu as raison, nous allons patienter. Je pense qu'ils ne tarderont plus.

En effet, quinze minutes après, on entend le moteur de la vieille Diane haletant difficilement sur la côte qui mène à la cité Windè.

— Ils sont là ! crie Yala que Korka tire de toutes ses forces.

— Allez, entre dans la maison, je ne veux voir personne dehors. Il est presque vingt-et-une heures.

Benthè descend et chuchote dans l'oreille de son maître :

— La chèvre est là, on a trouvé exactement ce que vous vouliez.

— Bravo ! dit Korka, mais attention, ne la sortez pas jusqu'à ce que je vérifie s'il n'y a pas un œil indiscret qui nous épie.

Puis, faisant semblant de vérifier les ampoules ternes accrochées de part et d'autre des deux portes d'entrée, il fait le tour de la maison. Personne. Tous regardent la télévision chez la vipère Tirankè.

— OK ! dépêchons-nous ! Toi, Benthè, surveille les alentours pendant que Toumbo et Sadjouma descendent l'animal.

Toumbo tient les deux pattes avant, tandis que Sadjouma glisse ses larges mains sous son ventre. La bête a peur, elle se débat de toutes ses forces, bêle, cogne sa tête contre les vitres.

— Il faut pourtant qu'on la sorte de là le plus vite possible avant que quelqu'un ne nous voie, dit Korka d'un ton ferme.

Il s'approche du coffre de la voiture, retrousse les manches de son kaftan et saisit les pattes arrière.

Toumbo cale son pied droit contre le pneu de secours. Allez Hop ! Ils soulèvent l'animal qui bêle plus fort. Benthè accourt avec un morceau de chiffon qu'il enfonce dans sa gueule. Les trois hommes le transportent dans la chambrette qui jouxte celle de Benthè, dans l'arrière-cour. Korka se retire et donne ordre aux autres de tuer l'animal et de le découper en morceaux. Sadjouma et Toumbo se mettent immédiatement à l'œuvre. Par leur manière de faire, on sait tout de suite qu'ils en ont l'habitude. Leurs couteaux sillonnent habilement dans tous les sens le corps de l'animal, qui au bout d'une bonne heure, n'est plus qu'un amas de chair empilée en morceaux, que Benthè range au fur et à mesure dans une grosse bassine. Quand tout est fini, Toumbo, le chauffeur, beaucoup plus âgé que les deux autres, procède au partage de la viande en plusieurs petits tas qui sont ensuite rangés dans le congélateur selon les directives de Korka. Sur les cartons, il ne reste plus que la tête, les pattes, les tripes, la peau et quelques morceaux décharnés. Profitant de l'absence de Sadjouma, parti chercher un emballage dans la cuisine, Toumbo prend la tête, les pattes et la peau ainsi que les deux meilleurs morceaux qu'un sac de riz vide engloutit rapidement. Au retour du gardien, l'abattoir est presque vide.

— Où est passée notre part ? demande-t-il au domestique qui se contentait de vider les boyaux .

— Toumbo a tout pris, répond le boy d'un ton ironique.

— C'est pas vrai ! Il ne peut pas à lui seul emporter tout ça ! Et moi alors ? Où est-il ? Il vient de partir ? Je ne me laisserai pas avoir par ce bâtard !

Puis il se lance à la poursuite du vieux, qui malgré l'obscurité, avance à pas de géant vers la route nationale, le sac en bandoulière sur son dos pour attraper un “mille kilo”. Sans perdre une seconde, Sadjouma se lance à ses trousses et le rattrape.

— Rends-moi la tête de l'animal, elle m'appartient.

— De quel droit te permets-tu de me la réclamer ? Je suis plus vieux que toi ; tu as l'âge de mon deuxième fils, cette tête m'appartient.

Sadjouma est hors de lui, il recule, fonce sur le chauffeur qui trébuche et tombe, serrant très fort sa gibecière. Surpris par la brutalité du gardien, il se retourne et crie en bégayant :

— Fous-moi la paix, salopard ou je te tranche la gorge comme je l'ai fait avec la chèvre !

— Voleur, rends-moi la tête de l'animal, sinon je te réduis en bouillie ! Tu n'as pas honte, à ton âge ! riposte le gardien qui commence à le ruer de coups.

Benthè, connaissant la nervosité de Tombo et la barbarie de Sadjouma, ne voyant pas ce dernier revenir, imagine, avec raison d'ailleurs, la scène qui est en train de se passer dans la rue. Comme une fusée, il se lance à la recherche des deux hommes. De loin, il entend les injures de part et d'autre. À son arrivée sur le lieu de la bagarre, Toumbo est couché à terre sur son sac, tandis que Sadjouma le frappe de toutes ses forces. Heureusement, tout le monde dort à cette heure. Benthè revient vite à la maison et rend compte à Korka, qui bondit à son tour pour aller séparer les deux hommes. Aidés par le domestique, ils parviennent à maîtriser le gardien. Toumbo se lève, plein de boue, sans lâcher son précieux sac.

— Allez, retournez tous à la maison et vite, avant que quelqu'un ne nous voie, ordonne Korka.

Les deux hommes obéissent sans discuter.

— Vide ton sac, demande-t-il à Toumbo qui s'exécute aussitôt.

Korka reprend les pattes arrière, qu'il donne à Sadjouma et tend le reste au chauffeur, tout en prenant soin de dire à Sadjouma que Toumbo, étant de loin son aîné, peut prendre la tête. Il reprend dans le congélateur un gros morceau qu'il ajoute à la part du gardien. Mécontent et complètement abattu par les coups qu'il a encaissés, le vieil homme ramasse sa part et disparaît à nouveau dans la nuit, son sac toujours fortement attaché sur son dos.

Dans la matinée du mardi, toute la viande est distribuée conformément aux instructions de Karamoko Bassè. Le plus difficile est fait, car trouver une chèvre comme celle recommandée par le marabout est un véritable casse-tête. Néanmoins, Korka sait qu'en pareille circonstance, il peut compter sur son cousin. “Pourvu que tout se passe comme on le souhaite”, se disait Penda, assise sur la terrasse avec les bonnes et ses trois enfants, quand Tiranké qui rentre du marché, lui fait la remarque suivante :

— Il y a longtemps qu'on ne te voyait pas sur ta terrasse. Tu as dû prendre tes vacances. On se verra souvent.

Elle dépose sa corbeille, se change vite et vient retrouver Penda et son petit monde. À peine s'est-elle assise que le flot de questions commence.

— Que comptes-tu faire ? Iras-tu cette année encore à Labiko chez tes parents ?

— Bien sûr, je passerai une bonne partie de mes vacances avec eux parce qu'ils ont beaucoup de plaisir à être avec les enfants et d'ailleurs, tous nous attendent impatiemment, notamment ma belle-mère qui est très âgée et qui ne veut jamais nous rendre visite à Diongas.

— Quelle chance ! Quand je pense que la mienne a toujours vécu avec nous.

Puis, sans gêne, elle continue :

— Je me plie en quatre pour elle, mais elle empoisonne mon existence, elle est à la base de mes multiples problèmes avec mon mari. Au lieu de s'occuper de son état de santé qui se détériore de jour en jour, elle me considère comme sa pire ennemie et pousse mon mari à prendre une deuxième femme.

Pendant une demi-heure, Tirankè critique la vieille Sogolon, sa belle-mère.

— Tirankè, crie une voix, que fais-tu là ? Ne va-t-on pas manger aujourd'hui, hein ! As-tu vu l'heure qu'il est ?

Le mari de Tirankè, très correct, déteste le comportement de sa femme, lui qui ne va jamais chez les gens. Il est malheureusement obligé de la supporter, car c'est elle qui nourrit la famille, son salaire de technicien étant nettement insuffisant pour entretenir une quinzaine de personnes. Au grand soulagement de Penda et des autres, Tirankè retourne vaquer à ses affaires.

Le lendemain, mercredi, Penda sort tôt, accompagnée de la petite Djombo pour acheter les sacrifices restants. En rentrant, elles font un crochet chez Sira afin de vérifier si Ndolly et elles ont reçu leur part de viande et surtout si elles ne soupçonnent rien du fameux projet. Sira étant aussi professeur dans un Centre d'Éducation Révolutionnaire (CER) a commencé ses vacances. À longueur de journée, assise sur sa véranda, elle observe sur la route la grande circulation qui passe à quelques mètres de son domicile. Rien ne lui échappe quand elle est là, de sorte qu'elle a toujours des choses parfois drôles, parfois dramatiques à raconter. Tantôt c'est un accident grave qui s'est produit, tantôt c'est un voleur qu'on poursuit ou un milicien qui tabasse un aigri du régime de Bakéréba. Bref, les scènes ne manquent pas sur cette grande artère de Kolima, l'une des plus fréquentées de la capitale.

— Penda, pourquoi on ne t'a pas vue ces deux jours ? Ndolly et moi projetions d'aller vous rendre visite ce soir et vous remercier pour les gigots que vous avez remis à Toumbo.

— Tout va bien répond Penda, j'étais simplement un peu fatiguée après l'énorme volume de travail que j'ai eu à l'école. Puis prenant les devants, elle explique à sa sœur que c'est Gassim, le cousin de son mari qui leur a offert une chèvre : Korka lui avait offert un lopin de terre à Labiko, il y a de cela quelques mois. Sira, qui fait entièrement confiance à sa petite sœur, la remercie et lui dit que ce cadeau est vraiment venu à point nommé, car à Diongas, la viande est aussi rare et chère que l'or. On peut rester des mois sans avaler un seul morceau. À son retour à la maison, Benthè lui annonce que la belle-mère de Tirankè a fait un infarctus la veille et qu'elle est hospitalisée.

Tirankè est à son chevet ainsi que certains membres de la famille. Elle se rend immédiatement chez eux pour s'enquérir des nouvelles de la vieille pour laquelle elle a toujours eu un profond respect ; elle n'a jamais aimé le sale caractère de sa bru.

— On va souffler un peu pendant que cette intruse sera à l'hôpital, pense-t-elle. Dans tous les cas, dès demain j'irai voir la vieille.

Le reste de la semaine se déroule comme prévu. Les jeudis et vendredis, tous les sacrifices sont faits. Par ailleurs, Korka a reçu son arrêté ministériel le mettant en congé annuel d'un mois pour la période du 15 juillet au 15 août. À la maison, tout le monde sait qu'il doit passer ses congés à Labiko auprès de sa mère malade et très âgée. Les préparatifs tirent à leur fin sans incident majeur. La date du départ de Korka est fixée au lundi 22 juillet : ça tombe bien parce que Sadjouma ayant perdu son père, est allé au village pour présenter les condoléances. Pour éviter tout soupçon, Korka partira le premier avec les documents importants qui pourront servir à l'étranger. Penda et les enfants partiront plus tard. Deux jours encore et enfin c'est le Jour “J”. Korka fouille et refouille dans ses affaires. Que doit-il emporter ? Que laisser ? Mille et une questions se bousculent dans sa tête comme dans celle de son épouse. Ils décident que Korka prendra le strict minimum. Le dimanche précédant le départ, quand tout le monde est couché, Penda sort un sac de voyage dans lequel elle range deux ensembles costumes trois poches et une trousse contenant les effets de toilette.

— Tes documents personnels, diplômes et autres pièces précieuses et l'argent, tu les garderas soigneusement dans la banane que j'ai achetée à cet effet, dit-elle à son mari.

La nuit est très courte. Le coq de Mouna, la voisine de gauche, se met à chanter comme il le fait toutes les nuits à l'aube. Il est aussitôt relayé par les autres coqs du quartier. Ainsi, à Windè, n'a-t-on pas besoin de réveil. Penda se lève, vérifie si Wourdè a bien mis le petit-déjeuner sur la table la veille, pendant que son mari termine ses préparatifs. Korka a bien attaché la banane autour de sa taille, puis enfilé son complet kaki et ses souliers noirs.

— Tout est OK, dit-il en voyant sa femme entrer dans la chambre.

— Très bien, viens prendre le petit-déjeuner mais fais attention de ne pas réveiller les enfants. Sinon à te voir partir, Sara et Néima se mettront à pleurer.

Doucement Korka rejoint la salle à manger. Il semble stressé et prend juste une tasse de quinquéliba. Laissant son sac à l'intérieur, il sort, fait le tour de la maison, une fois, deux fois. Personne dehors. Il revient.

— Penda, c'est le moment de filer.

Il saisit son sac, embrasse Penda, lui demande de prendre soin des enfants, et sans se retourner, conformément aux recommandations de Karamoko Bassè, se lance dans l'obscurité. Penda le regarde partir par les persiennes de la porte jusqu'à ce qu'il disparaisse. Sans le vouloir, les larmes lui coulent sur le visage. Elle se laisse tomber sur le lit et se met à pleurer doucement pour éviter de réveiller les enfants couchés dans la chambre à côté. Elle pleure longtemps. Elle a réellement peur. “Va-t-il s'en sortir, lui qui n'a pas toujours du sang froid ?” Plusieurs idées lui viennent à l'esprit comme c'est souvent le cas dans des circonstances difficiles. Elle s'imagine le pire. “Que Dieu continue d'être avec nous, car la redoutable Tirankè se trouve à l'hôpital et Sadjouma absent. Quelle chance!”, se dit-elle tout bas. Dès leur réveil, le lendemain, les enfants réclament leur père.

— Il est parti ce matin de bonne heure à Labiko voir votre grand-mère Nen-Diolou qui ne se porte pas bien.

Surpris par ce départ brusque, Yala l'aîné se met à poser des questions pertinentes.

— Quand et comment est-il parti puisque sa voiture est là ?

Néima et Sara se contentent de demander quand il reviendra. Penda leur explique qu'il est parti pour un mois et qu’il en profitera pour aller à rendre visite à son grand-frère. Les enfants aiment bien leur grand-mère. Elle les gâte beaucoup : cela coupe cours à toute autre question. Au contraire, Yala aurait voulu l'accompagner s'il avait été mis au courant plus tôt.

Voilà maintenant deux semaines que Korka est parti. Aucun soupçon. Penda a repris son train train quotidien. Un jour alors qu'elle était allée rendre visite à Sira et Ndolly, elle profite du trajet pour aller voir la belle-mère de Tirankè, hospitalisée à l'hôpital Kolima, et pour savoir quand elle sortira. Là, Tirankè lui apprend que l'état de la malade est désespéré, et que la situation est condamnée à durer encore de longs jours. “Tant mieux, cela m'arrange puisque personne ne sera à mes trousses pour épier ce que je fais”, pense-t-elle. Pourtant, au fond de son cœur, elle souhaite vivement que la vieille Sogolon s'en sorte au plus vite, car chaque fois qu'un de ses enfants a été malade, elle lui a porté assistance et elle adore les enfants.

Pas de nouvelles, bonnes nouvelles. Penda est à présent sûre que son époux a traversé la frontière. Il faut donc qu'elle prépare son propre voyage qui va être le plus dur avec trois enfants dans les bras. Elle passe des nuits entières à élaborer des plans. Cette après-midi, assise sur la terrasse, elle contemple les avions qui atterrissent et décollent de l'aéroport. Elle connaît par cœur leur programme. L'Aéroflot de la compagnie russe vient de se poser alors que le Sabéna de la compagnie belge vient de décoller. “Pourrai-je un jour emprunter ces engins pour partir loin, très loin d'ici ?” Cette question, elle se la pose depuis qu'elle habite la cité Windè. Elle est là, pensive quand elle voit une voiture arriver. Elle reconnaît le Directeur de Korka.

— Bonsoir madame, dit l'homme en descendant du véhicule.

— Bonsoir D.G, répond Penda très surprise par cette visite. Quel bon vent vous amène chez nous ? demande-t-elle sans attendre.

— Je suis de passage dans le quartier, alors j'en profite pour prendre des nouvelles de la famille.

— Tout le monde se porte bien, les enfants jouent dans l'arrière-cour.

— Avez-vous eu des nouvelles de votre mari ?

Cette question intrigue Penda qui prend subitement peur. Puis, le Directeur enchaîne :

— J'aimerais le contacter à Labiko parce que, pour des raisons de service, il faut qu'il ajourne son congé et qu'il rentre à Diongas.

— Pourquoi donc ? Ce n'est pas possible.

Penda n'a jamais entendu une chose pareille. Un fonctionnaire, annuler ses vacances pour raison de service ? Sans laisser échapper sa colère, ni son angoisse, elle répond :

— Vous ne pourrez malheureusement pas le joindre, car à ce qu'il paraît, il est parti à Mbouro rendre visite à son frère aîné qui est très malade. Il n'est pas à Labiko.

Le Directeur, ayant sans aucun doute appris quelque chose qu'il cherche à vérifier avec beaucoup de maladresse, se livre à un véritable interrogatoire. Excédée par ce flot de questions, Penda réagit presque violemment :

— Écoutez, pourquoi m'embêter avec tant de questions, je vous ai dit ce que je sais. D'ailleurs, il est encore en vacances. Attendez son retour, car je suis vraiment étonnée qu'il y ait une urgence au point de reprendre le travail. Toutefois, je ferai mon possible pour le contacter et lui transmettre votre message.

Convaincu qu'il ne pourrait rien apprendre de Penda, le Directeur apparemment déçu remonte dans sa voiture non sans promettre de revenir dans quelques jours. Cette fois, Penda a vraiment peur. “Pourquoi, bon sang, cette visite ? Pourquoi tant de questions alors que Korka est parti depuis seulement deux semaines, en plus il est officiellement en congé.” La venue du Directeur perturbe complètement sa sérénité, gâchant ainsi le reste de sa journée et même sa nuit. Elle ne fermera pas l'œil un seul instant.

Le lendemain, elle se réveille mal. Pourtant, elle ne doit rien laisser paraître. Il faut absolument tenir le coup. L'eau versée, on ne peut plus la rattraper. Il faut rester sur sa position et ne surtout pas se laisser intimider par des agents secrets tels que le Directeur, Tirankè ou d'autres encore. Penda prend la ferme décision de partir le plus vite possible avant que la nouvelle ne se répande et surtout qu'elle n'arrive dans les oreilles de Bakéréba et de ses hommes... Elle commence par ranger discrètement ses affaires et celles des enfants. Elle sort de moins en moins de peur d'être soumise à d'autres interrogatoires. En fin de compte, elle ne sait plus si certaines personnes ne sont pas au courant du départ de son mari. Il faut donc être prudente.

Un matin, Ndolly et Sira viennent la chercher pour assister aux funérailles d'une amie à elle. Au cimetière, pendant que l'imam lit les versets du Coran qui doivent accompagner la défunte à sa dernière demeure, un collègue de Korka s'approche de Penda et lui chuchote à l'oreille :

— Il paraît que votre mari a fui ?

Choquée et à la fois surprise par cette question, Penda reste bouche bée.

— Ah bon ? s'exclame Sira, première nouvelle.

Penda revenant de sa torpeur :

— Mon mari à moi, fuir ? Tu me diras qui te l'a dit, sinon je te dénonce à la police ! Alors tu me diras qui t'a donné cette information ?

— As-tu mesuré la portée de ta parole ? enchaîne Ndolly. Tu nous diras avant qu'on ne quitte ce lieu, d'où tu tiens cette grave information.

Soudain, la voix de l'imam se tait. Le moment est venu de descendre le corps dans la tombe. Les proches éclatent en sanglots. Les hommes avancent, occupant les premiers rangs, tandis que les femmes reculent pour se mettre derrière. Le collègue de Korka profite de ce remue-ménage pour disparaître dans la foule. À la fin de la cérémonie funéraire, Penda et ses sœurs le cherchent partout, en vain.

Sur le chemin du retour, Ndolly apparemment bouleversée par cette information se retourne vers Penda :

— Il n'y a pas de fumée sans feu, grande sœur. J'espère que tu ne nous caches rien.

Et Sira de surenchérir d'un ton presque menaçant :

— Que puis-je vous cacher, à vous deux ? Je suis aussi étonnée que vous, rassurez-vous.

Elles n'échangent plus un seul mot jusqu'à Windè, chez Penda. À qui raconter ce qu'elle a vécu ces deux derniers jours ? “Je suis certaine que les collègues de Korka sont au courant de sa fuite. Il faut que je parte avant qu'on ne m'arrête et qu'on ne me jette en prison.” Penda se terre davantage dans sa maison, évitant tout contact, même avec ses proches et surtout avec Tirankè, qui vient chaque jour prendre son bain et se changer. “Heureusement qu'elle n'a pas le temps de rester plus longtemps, car son mari, très exigeant vis-à-vis de sa mère, ne lui laisse pas un moment de répit.” Malgré son sale caractère, Penda la plaint d'être devenue une véritable esclave pour sa belle-famille.

Nous sommes en fin de semaine, précisément samedi 18 août. Il est l'heure de la prière du crépuscule. Penda fait ses ablutions dans l'arrière-cour quand un homme l'interrompt :

— Mes respects, madame.

Elle lève sa tête et reconnaît le commissaire de zone, en civil. Un frisson lui traverse le corps.

— Bonsoir, commissaire.

— Je peux entrer ? demande celui-ci.

— Bien sûr, vous êtes chez vous.

Le policier entre aussitôt, fait des va-et-vient au salon, dans la salle à manger et finit par s'asseoir. Penda fait rapidement sa prière et vient le rejoindre. À peine assise, elle est soumise à un interrogatoire pire que celui de la veille. Penda a toujours eu une peur bleue de Ramos, le commissaire. Mais elle prend son courage à deux mains et répond le plus naturellement à ses questions quand bien même elles sont souvent embarrassantes. “Il faut que je domine ma peur, cet homme n'a aucune preuve que mon mari a fui, ça, j'en suis sûre, pense-t-elle. Il en cherche justement. Il ne faudrait pas tomber dans son piège, car il s'est toujours fait passer pour un grand ami de Korka.”

— En ville, partout on raconte que ton mari a pris la tangente. Tu sais, même si tu me dis toute la vérité, elle restera entre nous. Je ne te dénoncerai pas. Korka est l’un de mes meilleurs amis, ça au moins tu n’en doutes pas. La preuve en est que j'aurais dû t'arrêter et te coffrer depuis longtemps. Mais à cause de l'amitié qui nous lie, je préfère que tu te confies à moi pour vous éviter de gros ennuis. Si tu m'avoues toute la vérité, je te protégerai devant qui de droit.

Pendant plus d'une demi-heure, il parle tantôt en cherchant à intimider Penda, tantôt à l'effrayer sans obtenir gain de cause. Celle-ci jure qu'elle n'est au courant de rien et que son mari lui avait dit qu'il allait voir sa famille à Labiko et à Mbouro. Elle ne sait rien de plus. Ramos se lève, se dirige vers la porte :

— Très bien, dit-il en tendant sa main à Penda pour lui dire au revoir. J'espère que tu auras la conscience tranquille après ma visite et que le temps te donnera raison. Dans le cas contraire, tu me verras sous mon vrai visage. Parole de Ramos ! lance-t-il, avant de monter dans sa voiture.

Dès cet instant, Penda est prise de panique. Elle sait pertinemment que Ramos est l'un des policiers les plus redoutables de Diongas et qu'il ne joue jamais avec les mots. Elle n'a plus le choix, il faut partir lundi prochain, sinon c'est la prison et peut-être la mort qui l'attend. Comment faire pour s'échapper ? Le dimanche soir, après le dîner, elle appelle Benthè dans sa chambre. Son mari et elle ont une grande confiance en lui car quand ils se sont mariés, le domestique avait déjà passé six années avec son mari. Au total, il est au service de la famille depuis plus de dix ans.

— Ferme la porte derrière toi et prends place sur le tabouret.

Benthè s'exécute.

— Voilà, je suis sûre que tu devines ce dont je vais te parler. Je voudrais t'informer que mon mari est parti à Abidjan, en Côte d'Ivoire. Les enfants et moi devons le rejoindre. Il semble que tout le monde soit au courant de la situation. Tu as vu Ramos, le commissaire de la zone. Il a tout fait pour que je lui avoue les choses, ce que j'ai systématiquement refusé de faire. Pause. Puis, elle reprend.

— Benthè, si je ne pars pas le plus rapidement possible, on va m'arrêter, m'enfermer, voire me tuer. Je pense donc que je partirai demain.

Le jeune homme l'écoute avec attention.

— En effet, dit-il. Sitan, la voisine, m'a rapporté avant hier que son mari lui aurait dit que Patron a fui. Je devais vous le dire aussitôt, mais je me demandais comment vous alliez le prendre.

— Et que lui as-tu répondu ?

— Évidemment, que moi, Benthè, je ne suis pas informé. Sans même la laisser terminer, je suis parti. Mais, croyez-moi, cela m'a beaucoup perturbé au point que je n'ai pas fermé l'œil de la nuit. J'avais peur de vous le dire parce que j'ai remarqué que toutes ces visites inopinées vous tracassent et vous créent de gros ennuis...

Pause. Il reprend :

— Je suis tout à fait d'accord avec votre projet, mais à mon avis, c'est trop risqué en ce moment. Vous devez être surveillée de près par la police et la milice. Je ne voudrais pas qu'il vous arrive un malheur. Vous et votre époux avez toujours été un soutien inestimable pour mes parents et moi. J'ai toujours été traité comme un membre de votre famille. Je vous remercie et vous garantis ma parfaite discrétion...

Il ne tarissait pas d'éloges pour le couple et ses enfants. On sentait dans sa voix une sincérité mêlée à une vive émotion. Ses petits yeux devinrent subitement rouges et des larmes se mirent à couler sur son visage rond.

— Je vous prie de patienter jusqu'à ce que les choses se calment.

Désormais, rien ne peut la faire renoncer. Elle remet au domestique les salaires des deux bonnes et leur transport en lui demandant de les embarquer pour Labiko après son départ, ainsi que celui de Sadjouma, le gardien, qui de toute façon ne sera pas de retour avant un mois.

Lundi 20 août 1977. Jour “J”. Dans la journée, accompagnée des enfants, Penda décide de rendre une brève visite à Sira et Ndolly pour tâter l'atmosphère. Celles-ci ne manquent pas de lui exprimer leurs craintes face à ce qui se raconte en ville sur le compte de son mari. Toutefois, n'ayant aucune preuve, elles sont très confuses.

— Tout ceci n'est que mensonge, rassurez-vous. Je ne peux pas vous tromper, vous le savez bien. Si Korka avait fui, réellement, je serais la première à vous en informer.

Elles croient leur sœur sur parole. Penda rend également visite aux autres membres de sa famille. Il est environ seize heures quand la petite troupe rentre à la maison. Djombo et Wourdè jouent aux cartes sur la terrasse, tandis que Benthè repasse lé linge.

— Qui est venu ? demande-t-elle.

— Personne, répond le boy pendant que les jeunes filles, indifférentes, continuent leur jeu.

— Très bien. Allez, demoiselles arrêtez ce jeu.

Les enfants doivent prendre leur bain et manger pour se coucher tôt ce soir, car ils sont fatigués. Ils ont beaucoup joué avec leurs cousins. Penda invite Benthè à la rejoindre dans sa chambre pour ranger les affaires. Elle sort un gros sac de voyage, y place trois tenues pour chaque enfant et une dizaine de couches pour Sara, deux tenues pour elle-même, les effets de toilette et d’autres bricoles. Elle ne dérange rien de la maison, laissant chaque objet à sa place, y compris les portraits des enfants posés sur la petite bibliothèque et la photo de famille accrochée au mur en face de la grande porte d'entrée.

CHAPITRE II

Depuis vingt heures, le courant est coupé. Windè est plongée dans l'obscurité. À Diongas, l'électricité se partage comme un gâteau. Elle est distribuée à tour de rôle dans les quartiers de la ville. Certains peuvent rester des semaines sans en avoir. La pendule sonne minuit. Allongée sur son lit, attendant l'heure fatidique, elle se lève subitement et se dirige vers la chambrette du domestique.

— Benthè ! Benthè ! appelle-t-elle doucement.

Pas de réponse. Benthè dort profondément. À dix mètres de là on peut entendre son ronflement. On dirait un orchestre. Elle insiste, frappe encore sur la porte. La porte en tôle s'entrouvre ; à moitié endormi, il suit sa patronne. Penda réveille Yala, Néima et Sara.

— Dépêchez-vous, on va aller rejoindre votre papa à Labiko.

Wourdè et Djombo qui dorment dans la cuisine n'ont rien entendu. Elle fait les cent pas dans les chambres, pendant que Benthè fait le tour de la maison pour s'assurer que personne ne rôde dehors, même si Tirankè se trouve toujours à l'hôpital auprès de Sogolon. On ne sait jamais à Diongas, d'autant que la milice populaire effectue parfois des rondes, lorsqu'ils ont des soupçons. Une fois rassurée, Penda saisit une lame de rasoir et coupe le fil téléphonique pour tromper la vigilance de ceux qui ont l'habitude de lui téléphoner. Elle prend Sara qu'elle attache très fort sur son dos. Benthè saisit Néima qu'il pose à califourchon sur ses épaules, tend sa main gauche à Yala puis de sa main droite, prend le sac de voyage. Penda jette un dernier regard dans la cour à travers les persiennes de l'entrée principale, ouvre doucement la porte et se lance dans l'obscurité. Benthè ferme la porte et la suit. Tout est calme. Ils marchent jusqu'au bord de la route nationale qui passe devant l'aéroport pour prendre un taxi. À cette heure, la circulation est rare. Seuls quelques taximen intrépides et soucieux d'arrondir les fins de mois se hasardent encore dans les rues. Penda commence à s'impatienter et à s'inquiéter. Vingt minutes, aucun véhicule à l'horizon, quand Yala se met à crier :

— Des phares là-bas !

Penda saute du trottoir, avance sur la chaussée, agite fortement ses bras en criant à son tour :

— Tana ! Tana !

Elle secoue si fortement ses bras que le taximan qui roule à plus de 80 kilomètres/heure, les dépasse pour aller s'arrêter cinquante mètres plus loin. Benthè lâche la main de Yala, court, Néima toujours posée sur ses épaules. Mais le chauffeur fait marche arrière, stoppe au niveau de Penda.

— Tana ? demande-t-il.

— Oui, Tana, répondent à la fois Benthè et Penda.

— 3 000 sylis.

Sans discuter, Penda détache le pagne qui maintient Sara sur son dos, pendant que Benthè fait monter Yala et Néima dans le véhicule sur les sièges du milieu où déjà un jeune homme avait pris place. Penda monte à son tour, pose Sara sur ses genoux et pousse Néima vers elle. Elle range le sac de voyage sous ses pieds. Benthè claque aussitôt la portière droite que le chauffeur boucle avec une targette. Le véhicule démarre à toute allure. Instinctivement, Penda et les gamins se retournent. Benthè n'a pas bougé, cloué sur place, il brandit sa main en signe d'adieu ; on le distingue à peine dans cette obscurité d'un mois d'août pluvieux.

Le chauffeur, profitant du fait que la route n'est pas encombrée à pareille heure, roule à toute vitesse, quand après un kilomètre, un barrage l'oblige à ralentir. Deux gaillards se dressent au beau milieu de la chaussée, obligeant ainsi le taximan à se ranger le long du trottoir. Ils portent un uniforme en treillis vert olive exhibant leurs mitraillettes qu'ils braquent sur la vieille moscovitch.

— Prêt pour la Révolution ! lance l'un d'entre eux.

— Prêts pour la Révolution ! répondent les passagers en cœur.

— Descendez tous et vite ! ajoute-t-il d'un ton autoritaire.

Ce sont des miliciens chargés de contrôler la circulation routière et le mouvement des populations sur cette route, qui est la plus importante de Diongas : c'est par elle principalement que l'on peut entrer et sortir de la ville.

— À terre ! crie-t-il plus fort.

Penda descend.

— Faites descendre les bambins ! lance-t-il méchamment à la pauvre femme.

Néima et Yala ne se le font pas répéter. Le jeune homme assis du côté de la portière gauche, ainsi que ceux sur le siège arrière se précipitent à leur tour.

— Tout le monde sur le trottoir ! ordonne le second milicien, apparemment moins âgé et moins gradé que le premier.

Tous obéissent, y compris le chauffeur.

— Vos papiers ! vocifère le chef, l'arme à la main.

Pendant qu'il examine la carte d'identité de Penda qui indique qu'elle est ménagère, son auxiliaire contrôle les pièces de la voiture et celles des autres passagers. Penda a peur. "Pourvu que ce malabar ne trouve rien à dire", pense-t-elle. Le lieutenant, titre qu'on pouvait voir par ses galons, tourne et retourne la carte de Penda, avance près d'elle, la dévisage et demande :

— Où vas-tu tard avec ces gamins ?

— À Tana, prendre un taxi pour Labiko demain à la première heure où j'ai mon père malade.

— Ouvre ton sac de voyage ! crie-t-il.

Penda descend Sara qu'elle portait contre sa poitrine et ouvre le sac. Le lieutenant braque sa torche à l'intérieur, fouille et vide le contenu. Ne trouvant rien de suspect, il se tourne vers le caporal :

— As-tu trouvé quelque chose avec les autres passagers ?

— Non, camarade Lieutenant, rien, ils sont tous en règle.

Il se tourne vers le chauffeur et dit :

— Tu étais en excès de vitesse. Oui, tu roulais à près de 100 kilomètres/heure. En conséquence, je confisque les papiers de la voiture et ton permis de conduire.

Le taximan prie qu'on le laisse partir. Les deux gaillards ne veulent rien entendre. Il est presque une heure du matin, les passagers s'impatientent. Le chauffeur plonge la main dans sa poche, sort quelques billets qu'il leur tend. Le chef prend l'argent et ordonne au caporal de lever le barrage. Le chauffeur repart, mais cette fois avec une vitesse moyenne. Trois kilomètres à peine, et les voilà en face d'un autre barrage. Le même scénario se répète deux fois, avant d'arriver à Tana. Néima et Sara, trop jeunes pour comprendre ces tracasseries dorment déjà sur les genoux de leur mère tandis que Yala reste éveillé, devinant probablement ce qui les attend durant le trajet. Il est deux heures passées quand ils arrivent à Tana. Le taximan les largue au beau milieu de la gare routière, empoche ses sous et disparaît. À cette heure, Tana est calme. Seuls quelques passagers, pressés d'emprunter la route, dorment çà et là sur les vérandas des magasins ou des ateliers. D'autres, assis sur leurs bagages discutent de tout et de rien. Il fait frais. La brise matinale vient adoucir la chaleur torride des journées tropicales. Il pleut, une fine pluie qui aurait pu bercer les voyageurs si les nids de moustiques ne faisaient pas leur travail nocturne.

Penda regarde tout autour d'elle pour trouver un endroit tranquille où se reposer avec les gamins jusqu'à l'arrivée des taxi-brousses. Pas de place. En plus, à la gare de Tana, la plus grande de la ville de Diongas, se trouvent un peu partout des miliciens, sans doute pour surveiller les gens. Penda a peur d'attirer leur attention sur elle, mais surtout d'être reconnue. Soudain, elle se souvient que Salami, le cousin de son mari, habite à environ deux cents mètres, presque de l'autre côté de la gare routière. Prenant Néima d'une main et de l'autre son sac de voyage qu'elle pose sur sa tête, elle attache Sara sur son dos et traverse la route suivie par Yala. En moins de trois minutes, ils sont devant la porte de Salami. Penda hésite quelques instants, puis sans vraiment commander son geste frappe, une, deux fois. La troisième fois, une voix à moitié endormie demande :

— Qui est là ?

— C'est moi, Penda.

Surpris par cette visite, Salami ouvre précipitamment la porte, drapé dans une couverture en laine et tenant une grosse torche qu'il braque sur elle. La peur se lit dans son regard interrogateur. Les questions pleuvent.

— Qu'y a-t-il ? Est-il arrivé un malheur ?...

Craignant de réveiller les voisins, Penda répond entre deux bégaiements du beau-cousin :

— Laisse-nous entrer, je t'expliquerai tout.

Salami prend le sac, pousse Yala et Néima à l'intérieur de la chambrette et invite Penda à entrer. Chauffeur de remorque, il a juste une entrer-coucher, sa famille étant à Labiko où il a une grande concession. Une fois dans la pièce, Penda explique que son mari a envoyé un message dans lequel il lui demande de le rejoindre avec les enfants. Elle voudrait simplement se reposer quelques heures pour prendre un taxi à l'aube. Quoiqu'à la fois sceptique et étonné par cette explication car il vient juste de rentrer de Labiko et n'a ni vu, ni entendu parler de son cousin, néanmoins, il leur offre son hospitalité légendaire. En tout et pour tout, la chambrette fait environ 5 m^2. Le mobilier se résume à un lit de deux places, un lit Picot, une petite table sur laquelle est posée une lampe tempête et une bouteille thermos. Dans un coin, derrière la porte, on remarque une jarre à eau avec un gobelet en plastique rouge.

— Très bien ! Tu peux occuper mon lit avec Sara et Néima. Yala dormira sur le lit Picot.

Il tire une natte sous le lit, l'étale de l'autre côté de la pièce et se couche. Abattus par la fatigue, Penda et ses enfants se jettent dans leur couchette. Elle a du mal à dormir. Elle le voudrait pourtant, mais Salami ronfle si fort qu'elle se tourne et se retourne dans le lit pendant une trentaine de minutes. Ses yeux s'alourdissent enfin et ses paupières s'abaissent. Elle allait s'endormir quand elle entend la voix enrouée du *muezzin* qui appelle les fidèles musulmans pour la prière de Fajr :

— *Allahou Akbar, Allahou Akbar...*

Penda saute du lit, Salami allume la lampe. Elle regarde sa montre : quatre heures trente exactement. Elle réveille les enfants, saisit Sara qu'elle pose sur son dos pendant que Salami soulève Néima, la serre contre sa poitrine et attrape la main de Yala.

— Marchons vite, dit-il, si vous voulez partir parmi les premiers.

En deux minutes seulement, les voilà au milieu des taxis rangés par ordre d'arrivée. À présent la gare a retrouvé son visage habituel. Des dizaines de passagers se bousculent, courent vers les voitures qui avec une valise, qui avec un sac, qui avec une mallette, etc. Les marchandes de pains, sardines, fruits, bonbons, cigarettes, allumettes et autres bricoles vont et viennent dans tous les sens. Des hommes en treillis sont omniprésents et surveillent attentivement les coins et recoins de la gare. Des apprentis déchaînés s'égosillent pour appeler les clients qui vont dans toutes les directions du pays. Abandonnant Penda et ses neveux dans un coin de la place, Salami va de véhicule en véhicule, prospecte, s'entretient avec certains chauffeurs ou apprentis, chahute avec d'autres qu'il semble avoir connus sans doute sur la route. Un quart d'heure plus tard, il revient vers eux et dit :

— Je vous ai trouvé un bon véhicule. Vous voyagerez avec Santos dans sa 504 break. C'est un très grand ami. Nous avons appris à conduire ensemble avec le camion de maître Savant. C'est un excellent chauffeur. En voyageant avec lui, vous ne risquez rien, je lui fais entièrement confiance.

Il les conduit auprès du taxi de Santos qui occupe la première position dans la longue file de véhicules et passe aux présentations. Sur le pare-brise arrière, Penda lit "Grâce à ma mère". Contrairement à Salami qui est grand et fort, Santos est de petite taille (1 mètre 68 environ), mince, apparemment sympathique et doté d'une forte personnalité. Penda et ses enfants occupent le siège du milieu sur le conseil de Salami. Elle porte Sara sur ses genoux, fait asseoir Néima à côté d'elle, tandis que Yala s'assoit vers la portière gauche près d'une jeune fille. Toutes les autres places sont déjà occupées. Au total, douze passagers s'embarquent au lieu des neuf prévus légalement. La plupart des bagages sont entreposés dans le coffre. Certains sont parqués sur le toit de la voiture, couverts d'une bâche pour les protéger de la pluie et fortement arrimés par de grosses lanières en caoutchouc. Deux apprentis perchés là-haut sont chargés de les surveiller.

Il est cinq heures lorsque le taxi démarre. En ville, le chauffeur roule lentement à cause des barrages placés presque à chaque kilomètre. Personne ne parle, les passagers dorment encore à moitié. Il est six heures, c'est le kilomètre trente-six, ce grand carrefour au sortir de Diongas où se rencontrent les axes nord-sud et est-ouest du pays : le barrage le plus redouté des transporteurs. Les miliciens et les gendarmes les plus méchants sont affectés à cet endroit stratégique pour assurer la sécurité de la capitale, et vérifier les entrées et sorties des populations. Penda a toujours éprouvé une peur bleue de ces hommes en uniforme.

— Nous allons arriver au kilomètre trente-six, annonce Santos. Que chacun se réveille et prépare ses papiers !

Il rétrograde et ralentit. Quelle file de véhicules ! Sur une distance de cinq cents mètres, des camions, taxis, remorques, voitures privées ou de service sont stationnés, attendant leur tour. Près d'une heure s'est écoulée. Enfin le tour de Santos. Il avance jusqu'au niveau de la grosse corde tendue entre deux barres de fer.

— Stop ! lui crie un des cinq hommes en uniforme postés de part et d'autre de la route nationale alors que deux autres de l'autre côté de la corde se dressent en face du taxi.

— Prêt pour la Révolution !

— Prêts pour la Révolution ! reprennent les passagers.

— Descendez tous, crie l'un des miliciens.

Tous descendent, excepté Yala et Néima, qui n'ayant rien entendu dorment profondément.

— J'ai dit que tout le monde descende, même les gosses ! crie-t-il à nouveau.

Penda réveille malgré elle ses enfants et les fait asseoir sur le trottoir mouillé. Quand tous les passagers ont mis pied à terre, il ordonne aux apprentis de descendre tous les bagages et de sortir ceux qui sont dans le coffre.

Le plus gradé des gendarmes se tournant vers Penda vocifère :

— Foulamousso, tes papiers.

Penda lui tend aussitôt sa carte d'identité.

— À qui sont ces trois gamins ? demande-t-il.

— Ce sont les miens, répond Penda.

— Où vas-tu ?

— À Labiko voir mes parents.

— Où est ton bagage ?

Penda pointe du doigt son sac de voyage.

— De Gaulle ! De Gaulle ! crie-t-il.

Un gendarme d'environ deux mètres, assez costaud, mais d'allure athlétique accourt et se met au garde-à-vous.

— Prêt pour la Révolution, camarade Lieutenant !

— Ouvre ce sac, fouille-le !

Et il donne ordre aux autres de fouiller les autres passagers. Il regarde la carte de Penda dans tous les sens, approche sa grosse torche, la regarde de haut en bas, comme si on lui avait signalé quelque chose de suspect.

— De Gaulle, alors ?

— Je n'ai rien trouvé, camarade Lieutenant.

Il s'approche à nouveau de Penda, lui lance sa carte, puis invite le chauffeur à le suivre dans son bureau. Ce dernier le suit docilement, tenant en main son porte-monnaie. De toute façon personne n'est dupe. Santos doit débourser s'il veut continuer sa route. Ce qu'il fait. Pendant ce temps, les voyageurs, très agacés, ne peuvent que patienter. Plus d'une dizaine de minutes se sont écoulées quand Santos revient escorté par le chef.

— Prêts pour la Révolution, vous pouvez embarquer !

Le lieutenant fait alors signe à De Gaulle de lever le barrage.

Pour rattraper le temps perdu, Santos se lance dans une véritable course contre la montre. Dans le véhicule, personne n'a envie de parler. Santos sort alors des cassettes audio qu'il introduit une à une dans l'autoradio pour détendre l'atmosphère. Il est douze heures passées quand ils arrivent à Matam, ville carrefour par excellence. Matam est une véritable ville cosmopolite où les principales langues nationales sont parlées. Sa gare routière, couramment appelée Dumez, compte parmi les plus importantes du pays. Des véhicules en partance sont stationnés. Comme Tana, Dumez est très animée. Des gamins de la rue à la recherche de quelques sous, ainsi que des apprentis se livrent à une course effrénée, à la recherche de passagers. Ils appellent toutes les directions à qui mieux mieux. Des petits vendeurs se bousculent, se disputent la clientèle. Des jeunes filles, aux calebasses élégamment posées sur leurs têtes tressées à la dernière mode, offrent leurs produits, tels que des fruits et légumes, beignets, articles de beauté, etc. Tout autour de la gare, des ateliers de cordonnerie, de vulcanisation, de charge de batterie et surtout des gargotes regorgent de clients. Santos gare son véhicule près de la station service et réclame à tour de rôle aux passagers les frais de transport avant de les laisser descendre. Quand tout est réglé, chaque passager vaque à ses occupations. Certains entrent dans les gargotes pour prendre un petit-déjeuner tandis que d'autres, les plus nombreux, s'assoient sur le bord du trottoir et se contentent de grignoter du pain sec, des cacahuètes ou de manger une galette ou une banane.

Santos et ses deux apprentis entrent dans une gargote située à l'autre bout de la place. Sur la devanture, un gros panneau publicitaire indique : "Chez Djiba Tieppe : café au lait, dipain avec di bère, brossètes ongnontés, tieppe dien avec viande et poisson, piment de Matam à gogo". Penda, qui adore le tieppe, se dirige vers la boutique, suivie des enfants et prend place au fond du hangar, craignant d'être vue. Elle commande du tieppe au poisson et des brochettes. En moins de cinq minutes, une des servantes lui apporte un plateau de riz à l'huile et à la tomate, deux grosses tranches de poissons fourrés de poireaux, d'ail et de persil, le tout accompagné de légumes. Penda et les trois enfants, qui n'ont rien avalé depuis la veille, dévorent le repas avec appétit. Elle félicite Djiba pour la qualité de sa cuisine et la propreté de son restaurant, règle l'addition. Généralement sympathique avec sa clientèle, elle raccompagne la voyageuse jusqu'à la porte et lui souhaite bonne route, en espérant la revoir bientôt. Santos et ses apprentis qui mangent gloutonnement et commentent la scène du kilomètre trente-six, n'ont pas remarqué leur présence ni leur sortie. "Tant mieux", se dit Penda, qui quitte discrètement la gargote à la recherche d'un autre taxi pour Djoliba, sa prochaine étape. Il faut faire vite pour ne pas rencontrer de connaissances, notamment des amis de son père, très connu dans la région, ou se faire repérer par les miliciens en quête des fuyards. Elle commençait à s'inquiéter quand elle entend une voix qui appelle :

— Djoliba ! Djoliba pressé !

Penda pose son sac sur sa tête, saisit Sara qui marchait à petits pas, le pose sur sa hanche, tient la main de Néima et court vers une vieille 404 break bleue, garée près d'un atelier de vulcanisation. Yala la suit. Le chauffeur vient à leur rencontre.

— Où allez-vous ? demande-t-il.

— À Djoliba, répond Penda.

— Très bien, vous avez de la chance car il me reste justement trois places pour faire le plein de mon taxi.

Il prend le sac de la tête de Penda, le lance à l'un de ses apprentis qui attache les bagages sur le toit du véhicule, ouvre la portière droite du siège du milieu.

— Montez vite on va partir ! Nous sommes déjà en retard, la route est très longue.

Il aide alors la petite troupe à monter. Penda porte Sara sur ses genoux tandis que cette fois, Néima est assise sur les cuisses d'une grosse femme Kouranko qui partage le même siège et Yala coincé entre sa mère et celle-ci. Après avoir vérifié si les portières sont fermées et les targettes bien fixées, Farba allume le moteur, appuie à fond sur l'accélérateur et démarre à toute vitesse sans se soucier des apprentis accrochés au toit. Personne ne parle. Tous ont le regard fixé sur l'aiguille de kilométrage, qui malgré le relief accidenté de la région, oscille entre 100 et 120 kilomètres/heure. Instinctivement, Penda jette un coup d'œil sur l'écriteau marqué sur le pare-brise arrière et lit : "Tombe mort". "Dommage, si j'avais vu cette inscription plus tôt, je ne serais pas montée dans ce taxi. Que Dieu nous sauve !", se dit-elle.

Quant à la vieille femme, elle ne semble pas du tout perturbée. Au contraire, elle fredonne une chanson qui montre qu'elle est une habituée des routes ; elle fait sans doute partie de ces nombreuses femmes commerçantes qui circulent entre les régions, les dioulamousso, comme on les surnomme.

— Ça va, Na Dagbè ? lui demande Farba sans ralentir la vitesse. J'espère que le fait de porter la petite ne te gène pas outre mesure.

— Non, je le fais avec plaisir. Tu sais bien que j'ai une quinzaine de petits-enfants. En plus, cette petite est très sage.

Penda ne s'est pas trompée, Na Dagbè est une cliente inconditionnelle de Farba depuis le temps qu'elle emprunte cet itinéraire qu'elle connaît par cœur. Elle ne fredonne plus, elle chante à haute voix ces belles chansons mandinka qui bercent les gamins et leur apportent le sommeil. Elle fouille ensuite dans la boîte de lait Guigoz qu'elle a posée sous ses jambes, sort une poignée de poudre verdâtre qu'elle met dans sa bouche édentée. Elle mâche plusieurs fois le produit, le remue avec sa langue noire, descend la vitre de la voiture et gicle “Padjak, Padjak.” Une larve toute noire, dégageant une odeur nauséabonde de cigarette saute par-dessus la fenêtre, laissant une épaisse tâche sur la vitre. Yala est dégoûté, il pousse vers sa mère, qui par respect pour la vieille ne dit rien. “Pauvre fiston ! pense-t-elle. Combien de temps cela va-t-il durer ?” Indifférent, le chauffeur continue son rallye. Voilà des heures qu'ils sont en train de rouler sur cette route, tous les passagers sont fatigués, quand soudain il annonce :

— La montagne Ouré-Kaba. Vous devez tous descendre et grimper la pente à pied.

Penda avait déjà entendu parler de cette fameuse montagne habitée par des diables qui provoquent souvent des accidents mortels aux voyageurs.

Farba se gare au bas de la pente, tout le monde descend. Elle attache à nouveau Sara sur son dos et Na Dagbè saisit Néima qu'elle attache sur son dos et prend la main de Yala.

— Attention, cette montagne est très dangereuse, il faut éviter de glisser parce qu'à droite, vous avez le fleuve et à gauche, le ravin.

En file indienne, les voyageurs entament la montée. Penda ôte ses chaussures pour ne pas déraper. Jamais elle n'a eu aussi peur. Elle s'inquiète surtout pour ses enfants. Les piétons avancent plus vite que la voiture. Les deux apprentis, chacun tenant une cale dans la main, suivent la montée du taxi, qui par trois reprises a failli reculer. Mais Farba est un bon chauffeur. Il a du sang froid et connaît parfaitement tous les pièges de la montagne. Penda a envie de s'asseoir pour reprendre des forces.

— Allez Foulamousso, du courage ! Bientôt on sera au sommet et tu remonteras dans le véhicule, allez, lui dit la vieille Kouranko.

L'escalade dure un bon quart d'heure. Enfin le sommet ! Tous les passagers, excepté la vieille se laissent tomber sous le grand fromager debout du côté gauche de la route. Mais la pause est très courte car il faut à nouveau embarquer ; on n'est qu'à mi-chemin. Djoliba est vraiment loin, c'est presque deux fois la distance Diongas-Labiko. Pourtant, il faut tenir. Une fois cet obstacle franchi, Farba retrouve son humour et commence à raconter des histoires pour détendre l'atmosphère et égayer les passagers plaqués comme des sardines. Griot de naissance, Farba est une véritable bibliothèque ambulante. Comme toute sa lignée, il possède un savoir inestimable sur l'histoire africaine, en particulier celle de Kouradambou, la littérature, la poésie, les contes et les proverbes. Il passe d'une histoire à l'autre, ajoutant le plus souvent son propre humour pour rendre le voyage plus agréable malgré l'impossible. Na Dagbè n'arrête pas de chiquer malgré les pleurs du bébé de six mois que la mère tient juste derrière Penda. Quel calvaire ! Penda est meurtrie par la fatigue ; le petit Sara, sur ses jambes l'empêche de bouger à son aise, comme Yala qui se rabat à tout moment sur elle par crainte de recevoir le crachat de la vieille au visage. Seule Néima semble satisfaite de sa position. Elle dort tranquillement, laissant échapper un petit ronflement qui cependant dénote la fatigue. Farba ne tarit ni d'énergie, ni d'histoires drôles. Le temps passe sans que l'on ne s'en rende réellement compte.

Il est dix-huit heures. Les trois quarts du trajet sont déjà accomplis. À l'orée d'un village, Farba arrête la voiture sous un énorme fromager pour permettre aux gens de se mettre à l'aise et de se rafraîchir. Sous cet arbre géant est posée une jarre remplie d'eau limpide couverte par un léfa au-dessus duquel est posée une petite calebasse. Penda se précipite pour servir ses enfants, craignant que la vieille ne boive la première, puis se sert à son tour. Les autres aussi se désaltèrent, y compris Na Dagbè. Farba continue une bonne heure ses historiettes avant de reprendre le volant. Il passe ensuite à la musique, jouant successivement des cassettes de Farba Téla, Sory Kandia, Bah Sadio, Binta Laly et Maître Abdoul Gadiri. Il roule rapidement mais sûrement, connaissant tous les coins et recoins de la route, chaque virage, pont et hameau. Partout où le taxi passe, des gens, revenant des champs, agitent des bras pour saluer le griot chauffeur. À plusieurs reprises, lors de la traversée des villages, les femmes qui pilent le mil le long de la voie, l'interpellent. Farba est vraiment populaire dans la zone et il en est fier car à son tour, il agite sa main, lance de temps en temps des billets, des noix de colas et des bonbons pour les enfants. Il lui arrive quelquefois d'interrompre son rallye un instant pour échanger quelques nouvelles avec un sage d'un village ou une connaissance personnelle. Penda est surprise par la gentillesse et la popularité de ce chauffeur, pourtant très modeste.

La nuit ne va pas tarder à tomber. Farba ralentit. Partout des bergers ramenant au bercail les troupeaux de bœufs, moutons et chèvres, traversent imprudemment la route. Des coqs, poules et poussins se dandinent au milieu de la chaussée pour rejoindre leur poulailler. Des chiens et chats, excités par le bruit du moteur, courent dans tous les sens au risque de se faire écraser. Tout ce spectacle n'est pas étranger au griot. Dans le véhicule, la fraîcheur commence à se faire sentir. Penda voudrait couvrir Sara avec l'imperméable kaki que Ndolly lui a rapporté lors d'un de ses voyages en Europe. Elle le cherche en vain. Où a-t-elle pu le perdre ? Elle se rappelle alors que dans la hâte, elle l'avait oublié chez Djiba Tieppe et que d'ailleurs, Karamoko Bassè lui avait dit qu'au cours de son voyage, elle égarerait un objet qu'elle aimait beaucoup, mais que cette perte serait un sacrifice pour elle. Elle a un pincement au cœur, mais ayant une confiance aveugle dans le marabout, elle se console à l'idée que tout se passe comme l'avait prédit le sage. Na Dagbè, très prévoyante, tire le pagne avec lequel elle a couvert Néima pour l'étaler sur le petit Sara qui commence à grelotter, puis prend son mouchoir de tête pour couvrir Yala. Quelle gentille Mémé !

En fin de compte, ce n'est pas si mal de partager le siège avec elle malgré ses nombreux crachats noirs verdâtres et l'odeur épouvantable de ses chiques.

Vingt heures passées. Penda aperçoit au loin des lumières. La vieille Kouranko, annonce d'un ton fière :

— Nous arrivons à Djoliba, la belle des belles.

En effet, Penda avait toujours entendu dire que Djoliba était une des plus belles villes de Kouradambou et qu'elle était aussi plus éclairée que Diongas, la capitale. Maintenant, Farba roule à 50 kilomètres/heures. Le fleuve Djoliba est si proche qu'on entend le clapotis de l'eau et le bourdonnement des moustiques. Farba rétrograde, passe la troisième, puis la seconde et amorce la descente sur le pont qui enjambe le fleuve sur plus de cinq cents mètres. Un pont en fer construit par les Russes. Un véritable chef-d'œuvre, avec son système de balisage. Penda et ses enfants sont ébahis. Elle ne s'attendait pas à une telle merveille dans un pays comme Kouradambou. Perchée sur une colline, Djoliba, avec ses larges avenues soigneusement bitumées, bordées de lampadaires et ses banderoles tricolores ne laisse personne indifférent. Une véritable cité moderne avec des dizaines de villas et de bungalows tous aussi superbes les uns que les autres. Au centre se trouve l'Hôtel de Ville, une immense bâtisse à deux étages entourée de jardins fleuris et de parterres richement décorés. Rien de plus normal, il s'agit de la ville natale de Bakéréba. La voiture quitte le quartier résidentiel, se dirige vers la gare routière, terminus du voyage. Comme dans les autres centres urbains du pays, la gare de Djoliba fourmille de monde. Farba se fraie un passage, roule très lentement pour enfin stopper devant un entrepôt. Il réclame les frais de transport des passagers. Tous descendent. Penda et les enfants sont morts de fatigue. Sara se met à pleurer, excédé par ce long trajet. Penda remercie Na Dagbè pour sa générosité et son courage. Elle aurait tant voulu lui offrir un cadeau pour lui exprimer sa gratitude, mais la vieille refuse systématiquement, au contraire elle plonge sa main dans la bande de cotonnade attachée autour de sa taille, sort un billet de 100 sylis qu'elle donne aux enfants et leur souhaite bonne continuation avant de disparaître dans la foule. Très touchée par ce geste, Penda gardera un excellent souvenir de cette brave femme.

À Djoliba, tout le monde parle la langue de la région. Penda ne comprend pas un traître mot de ce dialecte. Elle est embêtée, tourne en rond. Les enfants se plaignent, ils sont fatigués, ont faim et réclament à manger. Penda saisit son sac de voyage, pose Sara sur son dos et attrape les mains de Yala et de Néima parce qu'elle a peur de cette ville inconnue. Elle fait quelques pas. Tiens ! Un restaurant avec plein de clients sur la terrasse, un peu en retrait de la gare. Sur une pancarte bien éclairée par une ampoule en néon, elle lit “Chez Thérèse : spécialités de poulet grillé avec pommes de terre sautées, riz aux poissons d'eau douce, salade laitue…” Sans hésiter une seule seconde, elle y entre. Une grosse femme métisse vient à sa rencontre.

— Voulez-vous manger ?

— Oui, répond Penda qui jette un coup d'œil furtif dans la salle avant d'aller s'asseoir au fond.

Quand ils finissent de manger, Penda confie les gamins à Thérèse, la gérante du restaurant qu'elle trouve tout aussi sympathique que Djiba Tieppe et se lance à la recherche d'un véhicule en partance pour Mansaréya, troisième étape de son voyage. De l'autre côté de la place, elle entend une voix fluette qui appelle :

— Mansaréya, Mansaréya.

Elle s'approche. C'est un minibus de marque Toyota. Un homme et deux femmes ont déjà pris place dans la cabine du seul véhicule en partance pour cette ville. D'autres passagers occupent les banquettes arrière, serrés comme des sardines. S'approchant du chauffeur, elle demande :

— Vous reste-t-il encore des places ?

— Presque plus, mais on peut s'arranger. Combien êtes-vous ?

— Je suis avec mes trois enfants, deux bébés et un gamin.

L'homme saute aussitôt de son siège et donne ordre à l'un de ses apprentis de monter dans la carrosserie pour trouver des places à Penda et à ses gosses pendant que celle-ci court les chercher. Elle enjambe la portière arrière, Sara au dos. Le chauffeur soulève Néima et Yala qu'il jette au milieu des passagers et monte à son tour.

— Allez, soyez gentils, faites de la place à cette femme et à ses enfants, allez, poussez, serrez-vous. On ne peut pas les laisser, car il n'y a plus de taxi pour Mansaréya cette nuit.

À force de les serrer les uns contre les autres, il les place sur une partie de la banquette collée à la cabine du véhicule et déjà occupée par des voyageurs. Penda a envie de crier tant ses jambes sont engourdies et lui font mal. Elles sont enflées, les chaussures la serrent. On croirait qu'elle a du feu dans les orteils. Les gamins se plaignent également. Penda ne peut malheureusement rien faire pour les soulager.

Le minibus est plein à craquer. Plus de vingt personnes y ont pris place. Sur le porte-bagages, une chèvre, un bélier et quelques paniers de volaille sont attachés au milieu des sacs de néré, d'igname et de beurre de karité. Deux apprentis y prennent également place, tandis que le troisième s'installe sur la portière arrière du véhicule. Le chauffeur allume le moteur et se lance dans une course contre la montre. Il est vingt-et-une heures passées. Encore une centaine de kilomètres à parcourir dans ces conditions. Il y a vraiment de quoi devenir dingue ! Mais comme il aime à le dire dans sa langue, “l'eau qui coule ne revient jamais sur ses pas.” Penda sait qu'en aucun cas, elle ne peut faire marche arrière. Au contraire il faut s'armer de davantage de courage et de témérité.

Le tronçon Djoliba-Mansaréya est un véritable calvaire ! Penda en souvent entendu parler. Elle est anxieuse. Elle appréhende déjà les obstacles auxquels elle, ses enfants et les autres passagers auront à faire face, particulièrement en cette saison des pluies. Elle ferme ses yeux alourdis par la fatigue, puis essaie de dormir afin de ne pas trop sentir les obstacles. Pendant ce temps, dans le véhicule, malgré l'obscurité, on parle et on rit. Penda et ses enfants ne comprennent pas un mot de tout ce brouhaha. La plupart des passagers, originaires de la région, parlent le mandinka. Dehors, tout est noir. La pluie n'arrête pas de tomber. Le minibus a du mal à rouler, sa vitesse est très réduite. Le chauffeur ayant du mal à dépasser la troisième, se fraie difficilement un chemin, tantôt pour éviter un pont inondé par une rivière gorgée d'eau, tantôt pour contourner un arbre arraché par des pluies torrentielles typiques de la région forestière. Penda a l'impression que la bâchée tourne en rond. Cette fois, elle est vraiment fatiguée. Lorsque sur un bout de chemin elle croit qu'enfin elle pourra dormir, elle entend un bruit sourd qui retentit très fort.

— Qu'y a-t-il ? crient les passagers presque tous à la fois.

Mais personne n'est en mesure d'apporter une réponse à la question. Le véhicule accélère subitement, dérape, fait des zigzags, s'immobilise. Le choc est si violent que Penda croit que ses reins ont lâché. Elle pousse un cri de douleur, tandis que Yala et Néima, éjectés sous la banquette, hurlent de toutes leurs forces :

— Maman ! Maman !

Quant à Sara, heureusement qu'il est bien calé sur les jambes de sa mère. Tout le monde est pris de panique.

— À terre ! crie l'un des apprentis, alors tous les passagers se précipitent dehors dans l'obscurité.

Un énorme tronc d'arbre barre le chemin. Les hommes se mettent immédiatement à l'œuvre pour le découper et déblayer ainsi la ruelle. Un quart d'heure après, la camionnette reprend son trajet vers la forêt profonde, quoique le pare-chocs avant soit endommagé. Le voyage Djoliba-Mansaréya, malgré les multiples embûches est moins long que le précédent, à la grande surprise de Penda. Il est vingt-deux heures passées lorsqu'ils arrivent à Mansaréya. À l'entrée de la ville, un gros camion Magi-russe attend sous un grand baobab les partants pour Moussoudougou, dernière étape du voyage sur le territoire de Kouradambou.

Penda peine à se tenir debout. Elle titube, portant Sara sur son dos, tandis que Yala et Néima, abattus par la fatigue, lui tiennent les mains. Ils se dirigent vers le vieux camion. Au moment où elle va descendre son sac de voyage de sa tête, elle remarque deux jeunes gens collés contre l'arbre géant. Elle a du mal à distinguer leurs silhouettes. Elle voudrait leur demander assistance, mais plus elle avance vers eux, plus ils se serrent contre l'arbre, évitant tout contact. Soudain, deux colosses en uniforme surgissent des ténèbres et foncent vers elle. Ils sont munis d'une grosse torche et de carabines PK. Penda sursaute, son souffle manque de se couper. Un frisson lui traverse le corps des pieds à la tête. “Cette fois, je suis foutue, pas de chance”, se dit-elle. Les deux malabars foncent directement vers elle, ignorant les autres passagers, comme si elle leur avait été signalée. Ils braquent leur torche comme pour l'explorer des pieds à la tête.

— Tes papiers !

Penda fouille dans son sac à main, sort rapidement sa carte d'identité qu'elle leur présente tout en conservant un air, le plus serein possible. L'un d'entre eux, sans doute le chef, tourne et retourne la pièce sous la lumière de la torche que tient son collègue.

— Où vas-tu avec cette marmaille ?

— À Moussoudougou voir mon oncle, s'empresse-t-elle de répondre dans une voix tremblotante qui manque de la trahir tellement qu'elle a peur.

— Lève la torche, ordonne-t-il, éclaire bien son visage et aussi ceux des enfants. Camarade Caporal Faya, regarde cette carte, qu’est-ce qui est écrit, moi je n'arrive pas à bien voir.

— Prêt pour la Révolution ! répond ce dernier, qui saisit la carte d'identité et l'examine à son tour. Camarade Adjudant, cette mousso[3] est ménagère. Ce n'est pas celle que nous cherchons.

— Es-tu sûr de ce que tu dis ?

— Tout à fait, camarade Adjudant.

— D'accord, n'empêche que tu veilles sur elle pendant que je contrôle les autres passagers.

— Prêt pour la Révolution ! lance à nouveau le Caporal, qui invite Penda et ses enfants à le suivre sous la hutte placée à cinquante mètres du baobab et qui sert de bureau.

Le chauffeur, qui n'a rien perdu de la scène, suit discrètement sa cliente. Une fois à l'intérieur et loin des regards des curieux, il sort un billet de 2 000 sylis qu'il remet au Caporal.

— Aide-moi, Faya. Tu sais que nous sommes des amis de longue date. Cette femme m'a été confiée par un ami. Laisse-la partir, tu vois bien qu'elle est fatiguée avec trois enfants dans les bras.

Faya empoche la modique somme, puis cinq minutes après, revient avec son supérieur. Pendant ce temps, Penda a préparé un montant de 10 000 sylis qu'elle remet au chauffeur pour donner à l'Adjudant.

— À présent, la mousso et sa marmaille peuvent monter, ordonne ce dernier.

Dans le vieux camion, le remue-ménage est tel qu'il est presque impossible de décrire ce qui se passe. Au fond, près de la cabine, hommes, femmes et enfants sont parqués comme

3) “femme” en mandinka

des objets sur des sacs de manioc, néré, igname et palmistes. On devine également la présence de sacs contenant des blocs de karité ainsi que des paniers de kinda à l'odeur nauséabonde accentuée par la bâche. Sur le côté droit, un taureau attaché cogne sans cesse sa tête sur l'aile de la carrosserie. Du côté gauche, moutons et chèvres presque étouffés bêlent de toutes leurs forces pour manifester leur mécontentement. Penda et ses gosses sont les derniers à monter. Le Magi-russe est plein à craquer. Impossible de se frayer un chemin pour arriver au fond du véhicule. Penda prend place sur une banquette placée près de la porte de la carrosserie, à l'arrière, sur laquelle les deux jeunes cachés derrière le baobab ont déjà pris place. Elle pose Sara sur ses genoux tandis que Yala s'assoit sur son sac de voyage. Quant à Néima, l'un des garçons se propose de la porter. Penda le remercie en peulh.

— De rien, répond le jeune homme dans la même langue.

Penda se sent soulagée, elle sait qu'au moins ces aventuriers sont des parents. Mais la conversation ne va pas au-delà de ces quelques mots, chacun se méfiant de l'autre.

Quand tous les passagers ont pris leur place, maître Ghetto reçoit l'ordre de partir. L'un des apprentis se précipite sous les pneus arrière pour enlever les cales, tandis que le second s'attelle à lever celles des pneus avant. Le mastodonte se laisse glisser sur la pente raide, rattrapé par les deux athlètes qui s'accrochent de chaque côté de la portière arrière. Ghetto engage la deuxième vitesse pour mettre le moteur en marche, faute de démarreur. Ça y est, le voilà lancé. Ensuite il passe la troisième. Le véhicule commence sa course. Il est presque vingt-trois heures, les commentaires vont bon train dans la carrosserie, chacun expliquant son entrevue avec les hommes en uniforme qui ne sont autres que des miliciens. En conclusion, chaque passager a donné un peu d'argent pour pouvoir continuer sa route. C'est la règle dans le pays.

Les deux jeunes gens parlent sans arrêt et le plus souvent en français, sans jamais soupçonner que la mousso assise à côté d'eux comprend aussi la langue du blanc. Penda les écoute attentivement sans en avoir l'air.

— Tu sais, Ringo, dit celui qui porte Néima, si on m'accepte à l'université d'Abidjan, je ferai médecine. Cette profession m'a toujours tenté.

— Je te souhaite bonne chance, Miguel. Quant à moi, je pense poursuivre des études en Économie-Gestion, les chiffres m'ont toujours passionné. Mais auparavant, ajoute-t-il en peulh, *"Bila no ghânin séléli*[4]*"*.

Ils continuent ainsi pendant longtemps. Penda les écoute, admirant leur courage et leur détermination.

— Qu'Allah vous entende ! dit-elle tout bas puis dès cet instant, elle éprouve alors une grande sympathie pour eux.

"Je pourrais peut-être faire chemin avec ces braves étudiants. Ils sont si gentils et si intelligents." Elle vient à peine de les rencontrer, mais se sent déjà très proche d'eux. Elle n'arrive pas à le leur expliquer, pourtant c'est la réalité. Elle aurait tant voulu leur parler, se confier à eux. Mais, prudence oblige, elle se tait parce qu'on ne sait jamais qui est qui à Kouradambou.

4) "Prions le bon Dieu de nous aider à arriver à bon port."

En plus, M'Boron, son beau-cousin, lui a surtout recommandé de ne jamais prononcer un mot français, encore moins parler avec des inconnus. Il faut donc absolument respecter ce principe si elle veut voir le bout du tunnel.

La conversation va bon train quand soudain le poste radio de l'homme assis juste derrière Penda annonce à haute voix : "Éditorial de la RTK". Miguel et Ringo se taisent enfin. Tout comme Penda, ils prêtent l'oreille pour entendre l'émission car apparemment dans le véhicule très peu de personnes comprennent le français. Une voix rauque et taciturne se met à commenter le fameux "Chaytan Peulh". Penda est écœurée par tout ce qu'elle entend. Le journaliste insiste sur le fait "qu'il faudrait procéder à une épuration ethnique, exterminer les traîtres, chasser les peulhs apatrides. À mort les fantoches, les renégats, les comploteurs, la Révolution ou la mort, etc." "Nous avons bien fait de partir, pense-t-elle du fond du cœur. Si seulement je pouvais jeter cette radio dehors !" Elle est révoltée, mais sa situation l'oblige à encaisser. Dégoûtée, elle pose alors sa tête sur le dos de Sara qui ronfle à petits coups, le couvre avec le pagne leppi pour ne pas continuer à entendre ce flot de vexations. Soudain, l'un des apprentis crie :

— Attention, nous arrivons au pont Kénéma. Vous devez tous descendre parce que ce pont est extrêmement dangereux. Chaque année, des accidents se produisent occasionnant plusieurs morts.

Selon l'une des passagères, il y aurait des diables en dessous qui, s'ils sont mécontents pour une raison ou pour une autre, font basculer les véhicules et les font tomber dans la rivière.

Pendant ce temps, Ghetto ralentit. Puis à une centaine de mètres du pont, il freine brusquement. Le camion commence à déraper, mais en bon chauffeur qu'il est, il finit par le maîtriser. Les apprentis se précipitent et ouvrent la porte de la carrosserie. Tout le monde descend, Miguel et Ringo portant Néima et Sara, tandis que Penda tient la main de Yala. La petite expédition se dirige alors vers la rivière, pataugeant dans le bas-fond inondé et glissant. Par deux fois, Penda trébuche. À vingt mètres environ, on entend le gloutonnement de l'eau. Tous les passagers sont pris de panique. "Quel monstre !" se dit Penda.

— Que Dieu nous sauve ! Oui que Dieu nous sauve ! reprend Ringo dans leur langue.

— Attention ! crie à nouveau l'apprenti, prenez la déviation et empruntez le gué que vous voyez là-bas.

En effet, juste avant le rivage, à l'endroit où le lit est le plus étroit, les usagers ont construit un imposant passage en pierres, parallèle au fameux pont en bois. Certains voyageurs, sans aucun doute des habitués de la route, sortent des lanternes pour éclairer le tronçon et aider les nouveaux.

— Soyez très prudents ! lance à haute voix un vieillard qui bouscule la file pour prendre la tête de l'expédition. Suivez-moi de près et imitez mes gestes. Ne mettez surtout pas les pieds sur cette pierre, mais plutôt sur telle autre, tenez fort les branches des arbres qui longent le gué !

En file indienne, tous les passagers traversent, non sans peine, le gué et remontent la pente pour attendre le camion. Rassuré que tout le monde ait pu rejoindre la rive droite de la rivière, Ghetto remonte dans la cabine et fait vibrer à nouveau le moteur. Pendant ce temps, Gadiri, le plus jeune des apprentis retourne vers le camion et s'empare de la cale tandis que Tamba, saute sur la marche droite de la cabine tenant une grosse torche dans la main pour remplacer le deuxième phare du véhicule afin de guider son maître dans la traversée du pont.

Le mastodonte avance lentement, patine, dans tous les sens. Ghetto fait ronfler le moteur. Gadiri court devant et derrière, la lourde cale dans sa main.

— Tamba, lève la torche plus haut, je ne vois presque rien, lance le chauffeur apparemment énervé... Oui, encore plus haut, je dis plus haut, espèce d'andouille !

Grâce à la lueur de la torche, de l'autre côté, on peut suivre les mouvements de l'engin. Ghetto agonit d'injures les pauvres apprentis qui pourtant font tout leur possible pour lui faciliter la tâche. Le camion n'est plus qu'à trente mètres de l'eau, quand tout à coup, il se met à glisser et à patiner encore, puis fait un quart de tour.

— Apporte vite la cale ! crie-t-il à Gadiri. Dépêche-toi, escargot, avant que ce maudit camion ne nous jette dans la rivière !

— Bon Dieu de bon sang, quel cauchemar ! se plaint la femme. Même la montagne Wourèkaba ne m'a pas autant donné la trouille.

Décidément, elle va de surprise en surprise dans cette aventure. Malgré l'obscurité et la fraîcheur, tous les passagers ont le regard braqué sur la vieille machine. La scène dure depuis un bon quart d'heure. À présent, Ghetto amorce la descente sur le pont Kénéma. Tamba saute de son perchoir, court sur le pont et se met devant le véhicule avec la grosse torche dans la main pour mieux guider son maître. Le Magi-russe avance doucement et prudemment.

— Redressez vers la gauche, puis vers la droite, centrez ! hurle l'apprenti... Oui, c'est bon, vous êtes dans la trajectoire, avancez lentement, ne freinez surtout pas. Voilà, on va y arriver.

Puis, il saute sur la berge où tous les autres les attendent.

— Bravo Maître Ghetto ! bravo ! répètent en chœur les passagers.

En effet, le camion est bel et bien en aval de la rivière. Gadiri a fini de placer les cales, aidé de Tamba. Penda n'arrive pas à se remettre de ses émotions. Comment a-t-elle pu risquer sa vie et celle de ses enfants avec cet amas de ferraille ? Si elle avait su avant, que ce mastodonte roulait avec un seul phare, aurait-elle eu le courage de monter ? Elle se pose mille et une questions. “Quand tout cela va-t-il s'arrêter ? On ne sait pas ce que nous réserve ce périlleux voyage, alors autant prier Allah de nous guider à bon port.” Elle est tellement plongée dans sa réflexion qu'elle n'a pas entendu le chauffeur qui appelle à nouveau à l'embarquement. Ringo s'approche d'elle.

— Diadia, dit-il, monte vite, on va repartir.

Dans le véhicule, chacun reprend sa place. Miguel et Ringo portent toujours Sara et Néima. Quant à Yala, complètement abattu, il s'écroule sur les jambes de sa mère et s'endort aussitôt. Penda est vraiment épuisée. Tout son corps lui fait mal. Elle a une envie folle de dormir. Malheureusement, à chaque fois qu'elle essaie de fermer l'œil, le passager assis derrière elle lui envoie des coups de coude en esquivant les mouvements du taureau ligoté près de lui et qui se débat de toute son énergie pour retrouver sa liberté. Meurtrie, elle demande à Gadiri :

— Combien de kilomètres nous reste-t-il à parcourir ?

— Pas beaucoup, une vingtaine seulement.

— Quel calvaire ! Encore vingt kilomètres dans cet enfer ! Il me semble que cela fait une éternité que j'ai quitté Diongas et ma famille.

Découragée, elle se met à pleurer tout bas pour ne pas attirer l'attention de son entourage.

Il est presque une heure du matin quand le camion arrive à Moussoudougou. À la gare routière, quelques tabliers attardés espérant arrondir leurs recettes journalières, gardent leurs lampes tempêtes allumées pour attirer les derniers clients. Des jeunes filles, insouciantes et inconscientes, abordent les nouveaux venus et leur proposent divers produits, des ignames, patates, taros, bananes et manioc cuits, des oranges, mangues, papayes... Rien de cette gamme d'aliments n'intéresse Penda et ses enfants qui sont plutôt pressés de trouver un endroit où dormir. Ghetto donne ordre aux apprentis de ne pas ouvrir la carrosserie jusqu'à ce qu'il finisse de collecter les frais de transport des passagers. Une fois cette opération terminée, chacun part de son côté, certains à la recherche de nourriture pour assouvir leur faim, d'autres à la recherche d'un logis. Les étudiants lui rendent Sara et Néima et prennent congé d'elle. Penda est embêtée. Elle regarde tout autour d'elle. Impossible dans l'obscurité de repérer la mosquée dont lui avait parlé M'Boron comme référence pour retrouver la gargote de Modi Billo. Elle se dirige alors vers un marchand de cigarettes portant Sara sur son dos, suivie des deux autres gamins.

— Connaissez-vous Modi Billo, un gargotier qui habiterait près de la mosquée ?

— Non, je ne connais pas ce monsieur, je suis ici depuis seulement un mois.

— Tant pis, merci.

Elle continue la ronde, un deuxième, troisième vendeur sans succès. Enfin, elle arrive devant une femme d'une quarantaine d'années, marchande de galettes.

— Je cherche Modi Billo...

Sans même lui laisser finir sa phrase, la femme sans doute éprise de pitié pour elle répond :

— Je le connais bien, on vient du même coin, c'est un parent. Mais pourquoi veux-tu le voir ? D'où viens-tu avec cette marmaille ?

Penda lui raconte qu'elle est la fille d'un de ses grands amis et qu'elle est envoyée vers lui par son père.

— Bien, exceptionnellement, je vais t'accompagner à son domicile. J'espère que tu ne me mens pas et que je peux te faire confiance car tu es une sœur, je connais aussi ton père. Ici, à Moussoudougou, nous sommes tous surveillés par la police, la gendarmerie et surtout par la milice populaire, parce que c'est une ville frontalière. Beaucoup de fuyards du régime de Bakéréba passent par là pour rejoindre les pays limitrophes, en particulier le Libéria et la Côte d'Ivoire. Il y a également de nombreux agents secrets cachés ici et là dans cette gare routière et partout dans la zone. Sur ces confidences, Penda comprend pourquoi les gens refusent d'aider les étrangers. À son tour, la bonne femme regarde tout autour d'elle, puis appelle son fils :

— Sory, surveille bien les galettes, je m'en vais accompagner cette étrangère chez mon oncle, je serai de retour sous peu de temps.

— Pas de problème, mère, tu peux aller tranquillement.

Il avait l'air d'un garçon gentil et dégourdi.

Rassurée que personne ne les épie, la marchande prend Néima qu'elle pose sur son dos, attrape Yala par la main et invite Penda à la suivre dans la nuit. Ils marchent près d'une dizaine de minutes avant d'arriver chez le gargotier.

— *Assalam allaïkoum*, prononce-t-elle en entrant dans la gargote.

Modi Billo, apparemment occupé à faire ses comptes, n'a pas entendu la voix de sa nièce.

— Vous avez de la visite, crie l'un des jeunes hommes assis dans un coin à côté de la porte.

— *Allaïkoumoul Salam*, répond-il soudain, levant enfin sa tête et plongeant vite sa main dans le tiroir de la table.

Il invite les deux femmes à entrer. La vendeuse présente rapidement l'étrangère et se sauve.

Quelle n'est pas sa surprise lorsqu'elle retrouve Miguel et Ringo, ses compagnons de voyage. Penda hésite, elle ne veut pas parler devant les étudiants, malgré leur gentillesse et l'aide qu'ils lui ont offertes tout à l'heure, car elle ne connaît pas grand-chose d'eux. Modi Billo devine aussitôt sa gêne et l'invite à le suivre dans la chambrette, derrière son comptoir et referme aussitôt la porte derrière eux. Elle lui tend donc la lettre que M'Boron lui a confiée et dans laquelle il sollicite l'assistance du vieil homme pour aider Penda à se rendre à Foyah, en territoire libérien en vue de présenter ses condoléances à la famille de sa tante décédée récemment. Modi Billo parcourt la lettre écrite en caractères arabes.

— Très bien, dit-il, soyez les bienvenus, tu partiras demain à l'aube avec ces deux garçons assis dans le restaurant. Le passeur viendra à quatre heures précises du matin. Prépare ton transport et celui des enfants. À présent, allons, je vais te présenter ma femme Koumba. Elle s'occupera de vous.

Pendant qu'il se dirige dans l'arrière-cour, il invite Penda à prendre place à côté des garçons qui, d'ailleurs s'occupent des enfants. Il revient accompagné de sa femme. C'est une petite femme très menue et noire, mais joviale et apparemment dynamique. Après les présentations, Koumba leur sert une bouillie de maïs à peine sucrée qu'ils avalent avec un appétit de loup.

— Venez, dit-elle, je vais vous montrer votre chambre.

Miguel se propose de l'aider à prendre Néima qui dort déjà.

— Tiens ! dit Ringo, en éclatant de rire. Qu'est-il arrivé à ton pantalon ?

Miguel se courbe, la jambe gauche de son pantalon est coupée. Furieux, il s'écrie de toutes ses forces :

— La maudite chèvre ! Oui, je suis sûr que c'est cette maudite chèvre qui était à côté de moi dans le camion qui a brouté mon pantalon neuf que j'ai fait coudre chez Alkhaly, le plus célèbre couturier de Diongas. Je sentais bien que quelque chose me grattait à la jambe, j'aurais pu m'en douter. Quand je pense combien ça m'a coûté, il y a de quoi s'énerver. Qu'elle aille donc au diable, cette pauvre bête !

"Décidément, on verra de tout au cours de ce voyage !" pense Penda

La chambrette réservée à Penda et à ses trois enfants se trouve dans l'arrière-cour. Il s'agit d'une toute petite pièce, de deux mètres sur cinq environ. Le mobilier se résume à un lit en terre battue d'une place, une natte, un petit tabouret sur lequel est posée une lampe à pétrole en boîte de lait concentré sucré vide et d'une jarre à eau.

— Débrouillez-vous ici. Je vous réveillerai au chant du coq parce que Bouna a horreur des retards et, leur souhaitant une bonne nuit, elle referme la porte en fibres tressées et disparaît. “Comment tenir à quatre dans ce réduit ? Quel casse tête !” Penda réfléchit quelques fractions de seconde. Elle pose Néima dans le lit, près du mur, invite Yala à monter aussi et place Sara entre les deux. Elle étale la natte au bas du lit et s'y jette, ses longues jambes touchant presque la porte et ferme ses yeux alourdis par l'excès de fatigue. Mais son sommeil ne dure que peu de temps car au moment où elle allait s'endormir profondément, le coq de Koumba se met à chanter. Penda se lève brusquement. Impossible de lire l'heure avec cette obscurité qui règne dans la “Cellule”. Quelle heure peut-il être ? Nous venons à peine de nous coucher, qu'il faut déjà nous lever. Penda regarde les gosses. Sara et Néima ronflent tout bas. “Pauvres enfants ! Je vais les laisser dormir encore quelques minutes, le temps de faire ma toilette.” Elle prend alors la bouilloire posée près du tabouret, se dirige vers la porte quand une voix l'interpelle :

— Djido Bobo[5], lève-toi, réveille les gamins, c'est l'heure de partir.

Penda fait une toilette sommaire et réveille difficilement les petits. Le coq continue de chanter. Avec sa troupe, elle rejoint le restaurant où Ringo et Miguel étalés, à moitié endormis sur une natte, attendent le départ. Koumba a fini de préparer le

5) terme peulh qui signifie “mère des enfants”

petit-déjeuner, le même qu'on retrouve partout dans les familles pauvres : du quinquéliba et un sachet de sucre en poudre marron ainsi que deux pains “tapalappa”. Seuls les étudiants avalent quelques gorgées. Les autres n'ont aucune envie de manger.

Il est trois heures trente quand Bouna le passeur pénètre discrètement dans la gargote.

— Bonjour les amis, dit-il d'un air décontracté.

— Bonjour, répond Modi Billo qui referme aussitôt à clef l'entrée. Je te présente tes compagnons.

C'est un gaillard d'environ deux mètres. Il porte un pantalon noir avec une chemisette en cotonnade sans manches, teinte à l'indigo. Ses énormes pieds sont masqués par une paire de bottes en plastique qui couvrent les trois quarts des jambes. Un baluchon est accroché à son épaule.

— Donnez-moi le fric, je suppose que Modi Billo vous a dit le tarif à payer jusqu'à la frontière, lance-t-il en se tournant vers les aventuriers.

Les garçons comptent chacun 25 000 sylis et les lui tendent. Il fait un pas vers Penda puis :

— Toi, foulamousso, tu dois me payer 50 000 sylis parce que tu traînes toute une marmaille avec toi, ce n'est pas facile de faire équipe avec les gamins, c'est aussi très risqué.

Penda compte à son tour le montant exigé qu'elle lui remet. Bouna recompte attentivement l'argent perçu, défalque 10 000 sylis qu'il glisse dans la main de Modi Billo, en ajoutant cette expression qui laisse Penda et les étudiants perplexes :

— Marché conclu.

Personne n'est dupe et comprend pourquoi le gargotier et sa femme sont accueillants. Ensuite, il soulève sa blouse, détache une ceinture en cotonnade, ouvre la fermeture éclair, y camoufle l'argent et la referme soigneusement à l'aide d'un petit cadenas. Il resserre la ceinture autour de sa taille, puis redescend sa blouse. D'une main, il soulève Néima qu'il pose à califourchon sur ses épaules, attrape Yala par la main gauche et tient le sac de voyage de Penda par la main droite. Sara a repris place sur le dos de sa mère. Ringo et Miguel prennent chacun leur bagage. Modi Billo sort pour faire l'éclaireur.

— Tout est calme, dit-il. Vous pouvez sortir.

Bouna se lance dehors, suivi de son monde. Tout est calme. Seuls quelques aboiements de chiens errants se font entendre. Ils s'engagent dans les ruelles des quartiers. Personne ne dit mot, de peur de réveiller les dormeurs. De temps en temps, Bouna se retourne pour leur faire signe d'avancer plus vite. En moins d'une demi-heure, la petite troupe a fini de traverser une partie de la ville, sans rencontrer une seule âme. À présent qu'ils sont en pleine forêt, Bouna accélère le pas.

— Il faut qu'on arrive à la frontière avant neuf heures pour que vous puissiez passer parmi les premiers.

Penda a mal. Ses pieds enflent de plus en plus et son dos est complètement arc-bouté sous le poids de Sara qu'elle porte depuis son départ de Diongas. Elle a beaucoup de peine à suivre le rythme de la marche. Quant aux jeunes hommes, ils font tout pour ne pas montrer leur fatigue. Ils racontent des histoires remplies d'humour afin de rendre l'expédition plus gaie.

À l'horizon, derrière la montagne, les premières lueurs du soleil commencent à briller, annonçant la levée du jour. Dans les sentiers, les plantes imbibées de rosée témoignent d'une forte pluie et d'une humidité constantes, caractéristiques de la région forestière. Des crapauds accroupis dans les mares d'eau croassent au passage des marcheurs et des insectes de toutes sortes crissent comme pour saluer ces braves voyageurs. Bouna, toujours en tête de file, continue son rythme, portant la fillette endormie sur son dos et le baluchon sur l'une de ses épaules. Il connaît chaque sentier, plante, ruisseau ou marigot. Il connaît également chaque colline, montagne, mais surtout, tous les pièges derrière lesquels se cache un danger. Il est vraiment le maître des lieux. Très peu bavard, il se contente de dire l'essentiel. On ne l'entend que lorsqu'on doit traverser un cours d'eau ou contourner un obstacle comme une branche coupée barrant le passage ou lorsqu'on risque d'être repéré par des cultivateurs allant aux champs ou par des miliciens aux aguets. Il aime aussi à dire qu'"il est important de savoir où poser le pied". Mais depuis plus de dix ans qu'il exerce ce métier, Bouna maîtrise parfaitement tous les paramètres et est le seul passeur à n'avoir jamais été pris par les forces de l'ordre pourtant extrêmement vigilantes.

Il est environ sept heures, quand la petite expédition arrive enfin au pied d'une colline.

— Très bien, les amis. Nous sommes presque au bout du tunnel. Nous allons cependant faire une pause ici, pour mettre certaines choses en ordre et prendre notre petit-déjeuner.

Il descend la fillette, étale un imperméable jaune en plastique sur une butte de terre encore mouillée par la brise matinale, y installe Néima. Penda à son tour, détache le pagne leppi, descend Sara qu'elle pose à côté de sa sœur puis s'assoit au bas de la butte. Les deux étudiants et Yala prennent place à côté du guide, sur un vieux tronc d'arbre sans doute rescapé d'une de ces violentes tornades qui, en cette saison pluvieuse frappent la région. Bouna regarde à gauche, à droite, au nord, au sud, à l'est et à l'ouest. Personne ! Alors, il ouvre son baluchon, sort quelques tubercules cuits, enveloppés dans d'épaisses feuilles de bananier (taros, maniocs, patates, ignames et bananes) ainsi qu'une gourde d'eau bien remplie.

— Mangeons vite ! Servez-vous à votre guise. Car vous aurez besoin de forces pour continuer votre route, dit-il d'un ton aimable à ses clients.

Il sert lui-même les trois enfants, les obligeant à avaler quelque chose. C'est aussi un homme de cœur apparemment habitué aux enfants. D'ailleurs, sans qu'on le lui demande, il explique que ses cinq enfants aussi n'aiment pas les tubercules, en particulier le taro avec son goût fade. Mais il se ressaisit aussitôt et coupe la conversation, sans doute par peur de déborder. Quand ils finissent de manger, il plonge sa grosse main dans sa poche, sort une noix de cola rouge qu'il partage en deux, croque une moitié et tend l'autre à Penda qui décline poliment l'offre. En effet, s'il y a quelque chose qu'elle déteste, c'est bien le cola avec son goût amer comme de la quinine.

Après une pause d'une heure environ, les pionniers reprennent la route. Il demande à chacun de s'armer de davantage de courage, parce que le trajet va être de plus en plus difficile à cause de la forte colline, là-bas à moins d'un kilomètre, et qu'ils devront inévitablement gravir avant la descente vers le fleuve. Penda a ôté ses chaussures, tant elle a mal ; elle préfère marcher pieds nus. Sara, toujours sur son dos, essaie d'attraper les papillons multicolores qui voltigent de part et d'autre du chemin. Personne ne parle. Chacun redoute la montée de la fameuse colline.

— Attention, crie Bouna, en se retournant, nous allons commencer l'escalade. Yala, donne-moi ta main, quant à toi fillette, serre fort les tiennes autour de ma taille.

Miguel et Ringo, tenant les sacs de voyage, semblent redoubler d'efforts. Tandis que Yala et les garçons grimpent allégrement la pente, la femme fait un pas, s'essouffle, pousse des cris de douleur.

— Aidez-moi, je n'en peux plus. Je ne peux pas grimper cette pente. Bon Dieu, pitié ! Puis elle éclate en sanglots.

— Silence ! Arrête tes larmes, tu ne vas pas nous attirer des ennuis alors que ma mission est sur le point d'être accomplie. Lève-toi, le temps presse.

Ringo se précipite, saisit Sara qu'il porte à son tour sur le dos en prenant soin de l'attacher fortement avec le pagne leppi. Bouna revient sur ses pas, passe son bras musclé sous l'aisselle droite de la pauvre femme, la soulève. Elle pleure toujours.

— Quel supplice ! Combien de temps cela va-t-il encore durer ?

— Magne-toi, je n'ai pas de temps à perdre. Je dois retourner en ville avant le coucher du soleil pour ramener d'autres clients. En plus, vous risquez de rater la pirogue.

À ces mots, Penda se ressaisit puis clopin-clopant, se remet dans la course. Au fur et à mesure que la troupe avance, la pente se raidit et le sentier s'amenuise, la végétation devient plus dense et parsemée d'embûches. De grands arbres de plus de dix mètres de haut abritant des oiseaux de toutes sortes semblent cueillir le ciel gris et nuageux. Des milliers de lianes s'enchevêtrent empêchant toute circulation. À plusieurs reprises, Bouna a dû les couper à l'aide d'un énorme coutelas suspendu à sa hanche. Cela fait trois quarts d'heure que la montée dure quand subitement, Bouna annonce :

— Nous voilà ! Enfin la clairière et au fond, le fleuve Mano.

Penda n'en croit pas ses oreilles. La descente vers la vallée commence.

— Attrapez les branches pour éviter de tomber, car le sol est glissant, ajoute le guide.

Ils marchent à pas de caméléon. De part et d'autre du sentier, on remarque des champs de riz pratiqués sous forme de culture sur brûlis. Tout le monde reprend courage et les jeunes hommes reprennent leur conversation essentiellement axée sur des projets, qu'ils réaliseront une fois arrivés à destination.

Penda jette un coup d'œil sur sa montre. Neuf heures trente. Dans la vallée, le Mano draine ses eaux boueuses décrivant des figures sinueuses. Des voyageurs s'agitent entre les paillotes. On se croirait dans un marché hebdomadaire. L'expédition n'est plus qu'à une vingtaine de mètres du poste de police et de la douane. Tout va se jouer là. C'est vraiment le moment ultime. Qui sera chanceux, qui ne le sera pas ? “Pourvu que nous puissions tous traverser la frontière et continuer notre route sur le Libéria !” Elle récite les versets du Saint Coran. Bouna descend la fillette qui marche à côté de son frère aîné. Quant à Sara, sa mère le pose sur sa hanche. Le cœur de Penda bat très fort, si fort qu'elle a du mal à dominer sa frousse, elle qui a toujours eu une peur bleue des hommes en uniforme, particulièrement des miliciens et des policiers.

— Écoutez-moi attentivement ! lance le passeur. Si vous avez de l'argent ou des choses de valeur, c'est le moment de les garder soigneusement, car ici, les forces de l'ordre sont particulièrement sévères.

Penda s'abrite derrière un buisson, pose Sara à terre, lui enlève sa culotte, prend dans son sac à main un cornet en plastique contenant 300 dollars US et 25 000 francs CFA qu'elle enfouit dans une couche entre les cuisses de Sara et remet sa culotte cousue à cet effet : personne n'aura l'idée de fouiller un bébé ! Il lui reste 50 000 sylis. Quant aux garçons, personne ne sait où ils ont gardé leur argent. Pourtant, Penda croit l'avoir deviné puisque M'Boron, son beau cousin et véritable aventurier, lui a révélé que les hommes font coudre des chemises doublées pour cacher ce qu'ils ont de précieux entre la doublure et la chemise ou encore dans un short cousu à l'intérieur du pantalon. En tout cas, il ne peut pas en être autrement parce qu'ils n'ont pas bougé d'un pouce.

— Avez-vous tous bien gardé vos choses de valeur, notamment l'argent ? demande leur guide.

— Oui, répondent-ils tous à la fois.

— Il faut aussi prévoir des sous pour les hommes en uniforme, qui comme vous le constaterez, sont de véritables sangsues. Aucun voyageur n'est à l'abri de cette escroquerie. Ainsi, à bon entendeur, salut !

— Tu peux nous faire confiance sur ce plan, ajoute Ringo comme pour le taquiner.

— Très bien, dans ce cas on peut avancer. Suivez-moi et respectez mes consignes. Pas de stress surtout, soyez décontractés parce que ces hommes et femmes en uniforme sont de vrais psychologues. Ils peuvent détecter la moindre anomalie et savent lire sur le visage. Ça fait partie de leur formation.

Bouna vient à peine de donner ses conseils qu'un homme vêtu d'un treillis vert olive se plante devant le groupe.

— Prêt pour la Révolution ! lance-t-il.

— Prêts pour la Révolution ! répondent les nouveaux venus.

— Amenez-vous par ici.

— Entendu, camarade sergent, on arrive, dit le guide.

— Qui sont ces gens ? Où vont-ils ? demande d'un ton autoritaire le milicien qui invite Bouna à le suivre dans la première paillote située à l'entrée du poste de police. Vous autres, attendez-moi là-bas sur les bancs sous le fromager, lance-t-il d'un ton rassuré à ses compagnons.

Environ une quinzaine de personnes de toutes catégories et de tous âges, hommes, femmes, enfants, attendent déjà sur ces bancs. Sans doute ont-ils dormi là, parce qu'être plus matinal que Bouna serait difficile. Penda regarde un à un ces visages, heureusement qu'aucun ne lui est familier. “Tant mieux”, pense-t-elle. Toutefois, quelque chose l'a frappée : toutes ces personnes sont silencieuses et ont le regard triste. Pas de parole, excepté quelques murmures par-ci, par-là, pas de sourire. On dirait des gens en deuil.

Plus d'un quart d'heure s'est écoulé depuis que Bouna est enfermé dans la hutte avec le sergent. "Que se passe-t-il, pourvu qu'on ne nous arrête pas", pense Penda. Avec ces gens on ne sait jamais. Elle s'impatiente, tous s'impatientent. Il est maintenant bientôt onze heures quand le gaillard réapparaît, la mine quelque peu renfrognée.

— Djido Bobo, s'adressant à la femme, suis-moi. Tu peux confier tes enfants aux garçons, s'écrie-t-il.

Celle-ci se lève brusquement et le suit, cachant habilement son angoisse.

— Laisse-nous seuls, ordonne le sergent, qui sans aucune gêne, la dévisage des pieds à la tête. C'est un homme d'une trentaine d'années, grand et musclé avec une grosse barbe désordonnée. D'épais sourcils bordent ses yeux rouges. Il pue l'alcool.

— Assois-toi sur la chaise, lance-t-il d'un ton hargneux.

Penda déteste naturellement ce soûlard, imbu de sa personne.

— Bouna m'a dit que tu voulais te rendre dans ta famille de l'autre côté de la frontière pour présenter des condoléances ?

— Oui, chef, en effet.

— As-tu une pièce d'identité ?

— Oui, chef.

Elle sort sa carte et la lui tend. Il l'observe pendant près de cinq minutes, puis la fixe à nouveau. Un frisson traverse son corps de haut en bas. Néanmoins Penda le fixe à son tour sans laisser paraître son dégoût et son angoisse.

— J'espère pour toi que tu es une ménagère, comme l'indique cette carte. Tu n'en as pas l'air. Combien d'enfants as-tu ?

— Quatre, répond aisément la bonne femme pour détourner tout soupçon. Je suis avec les trois derniers, l'aîné étant resté avec mon mari.

Il se livre à un véritable interrogatoire, cherchant à la piéger. Mais Penda suit à la lettre les recommandations de M'Boron et de Bouna. Elle répond du tac au tac, évitant de se montrer bavarde. Le milicien utilise tous les moyens possibles et inimaginables pour l'intimider, mais en vain.

— Enfin, dit-il, qu'est-ce que tu as à me proposer ?

Elle sort alors 15 000 sylis qu'elle a mis dans son soutien gorge et les lui remet. Le sergent les empoche rapidement puis lui ordonne de sortir et d'attendre sur le banc.

L'interrogatoire a duré environ vingt minutes. Pour la pauvre femme, on aurait dit une éternité, surtout qu'elle avait soigneusement gardé sa montre au fond de son sac à main. Enfin, l'homme lui ordonne de retourner sous le fromager. Ensuite, il invite les deux étudiants à le rejoindre dans la paillote afin de subir le même supplice. Penda a peur pour eux quand bien même ils sont intelligents et rusés. “Pourvu qu'ils s'en sortent aussi !” Presque trois quarts d'heure se sont écoulés, ils sont toujours à l'intérieur. Que se passe-t-il ? Pourquoi sont-ils restés si longtemps ? Le regard braqué vers la paillote, Penda s'inquiète, tourne en rond, regarde Bouna d'un air interrogateur. Mais ce dernier feint de ne rien remarquer. Durant tout le trajet, elle ne l'a jamais vu aussi nerveux et confus. Bouna allait foncer dans la hutte quand les jeunes hommes apparaissent enfin, très mélancoliques. Un silence de mort qui en dit long sous l'arbre géant. Quelle sera l'issue de ces interrogatoires ? Il faut s'armer de patience et de courage. Car apparemment ça ne sera pas simple. Les heures passent sans que personne ne soit fixé. À présent, le soleil est au zénith, il fait chaud. Les enfants sont fatigués et même les grandes personnes ne supportent plus cette attente. Quel supplice ! Soudain, une voix de femme s'élève.

— Levez-vous tous, faites une file !

C'est celle de l'adjudant chef Finda, la redoutable cheftaine de la milice populaire, terreur de tous les voyageurs de la zone. Assez grande, elle pèse près de cent kilos. Avec ses cheveux courts et son visage taciturne et joufflu, elle a l'air d'un homme raté. Impossible de fixer son regard deux fois.

Un autre interrogatoire, cette fois plus dur les attend dans le bureau du capitaine Kalas. Un à un et par ordre d'arrivée, les voyageurs s'alignent devant le hangar en paille qui sert de bureau à la fois à la police, à la gendarmerie et à la milice populaire. À l'intérieur, une demi-douzaine de chaises et deux tables, sur lesquelles sont déposés pêle-mêle deux registres, l'un pour l'arrivée, l'autre pour le départ des voyageurs ainsi que des crayons noirs et à bille. Plusieurs personnes passent avant Penda, y compris ses deux compagnons. La plupart ont le visage crispé traduisant clairement la déception, la colère, voire l'inquiétude. Juste après Miguel et Ringo, une jeune fille sort en pleurant à haute voix et lançant des injures.

— On verra bien ! crie-t-elle. Rira bien qui rira le dernier ! Cette fois, ces idiots m'ont retournée, mais vaille que vaille, je rejoindrai Abidjan !

À ces mots, au moment même où c'est le tour de Penda, l'adjudant chef Finda sort :

— Camarade sergent ! appelle-t-elle.

— Prêt pour la Révolution ! répond celui-ci, en courant.

— Enferme cette imbécile dans le cachot jusqu'à notre départ pour la ville.

Le bourreau saisit la demoiselle par la nuque. Elle continue alors ses injures et ses pleurs, se débattant de toutes ses forces. Le sergent lui administre une paire de claques sur les fesses.

— Attends, dit-il, tu verras de quel bois je me chauffe ; puis tordant les bras de la fille, il lui met les menottes et la jette dans le “panier à salade”.

Penda vient de pénétrer dans le fameux hangar. En face d'elle, le capitaine Kalas et l'adjudant chef Finda. Tel un courant électrique, un frisson lui traverse le corps. Elle a vraiment peur et beaucoup de peine à se maîtriser. “Pourtant, il le faut, pense-t-elle, ce n'est surtout pas le moment de flancher.”

— Avance, ordonne Finda qui de son regard méchant l'ausculte des pieds à la tête. Mets-toi sur cette chaise.

Penda obéit. À de tour de rôle, elle doit se soumettre à l'interrogatoire, ô combien passionné de Finda et de son supérieur. Elle n'en peut plus, mais que faire ? Elle a envie de crier, de cracher sur eux tant qu'ils sont désagréables et vulgaires. Près d'une heure qu'elle est assaillie de questions embarrassantes.

— Finda, emmène-la dans l'isoloir et fouille la de fond en comble, ordonne-t-il.

L'isoloir est une hutte construite en annexe du hangar. Pendant ce temps, il appelle à nouveau Bouna qui vient le rejoindre. Une fois à l'intérieur de la hutte, Finda descend la natte qui sert de porte et abrite des regards indiscrets.

— Allez, vite, déshabille-toi. Enlève tout !

L'adjudant secoue à plusieurs reprises ses habits.

— Très bien, tu as de la chance, dit-elle enfin, rhabille-toi et viens nous retrouver au hangar !

Penda s'exécute. Bouna attendait là.

— Alors ? demande Kalas à Finda.

— RAS, répond celle-ci.

Il se tourne alors vers Bouna.

— Ta cliente est en ordre, mais tu sais que nous avons reçu l'ordre de ne pas laisser traverser les femmes et les enfants.

— Tout à fait, chef, mais je connais bien cette femme, elle ne va pas loin, elle va juste pour une semaine présenter ses condoléances à Foyah. Je vous promets qu'elle sera de retour mardi prochain.

— D'accord, Bouna, on te fait confiance. Néanmoins, il faut nous trouver le prix du cola.

Bouna se tourne vers Penda et lui tend la main. Penda prend les 35 000 sylis qui lui restent et les lui remet.

— C'est peu, mais à cause de notre amitié, on accepte. Qu'elle attende avec ses enfants à l'embarcadère ; quand la pirogue sera de notre côté, ils pourront monter et traverser.

Penda croit rêver. Précédée de son guide, elle rejoint Miguel et Ringo qui s'occupent des enfants. Dans leur regard interrogateur, elle devine cependant une certaine curiosité. Toutefois, elle feint de ne rien comprendre et essaie de rester sereine, peut-être même essaie-t-elle de tromper les autres voyageurs, y compris les deux étudiants en prenant une mine triste. Sur le banc, sous le fromager, personne ne dit mot. Tous les visages sont pâles parce que tous sont visiblement écœurés par l'attitude du sergent vis-à-vis de la pauvre fille. Le défilé continue dans le hangar. Environ sept autres voyageurs dont trois femmes et quatre hommes ont été interrogés après Penda. Apparemment tous sont crispés. À présent il est plus de quatorze heures . Finda réapparaît la première et se dirige vers la rive.

— Campel, crie-t-elle, envoyez vite la pirogue.

Elle agite ses bras musclés pour faire signe aux rameurs de remonter le fleuve.

Quand au bout d'une bonne trentaine de minutes, la pirogue accoste, Kalas et ses hommes rejoignent les voyageurs. Ils sont tous anxieux, mais surtout pressés de connaître leur sort. Finda appelle Penda et ses enfants ainsi qu'une autre femme et trois hommes et les invite à rejoindre la pirogue, soit au total cinq seulement sans compter les gosses. Les deux étudiants ne font pas partie du lot. Penda est perplexe. "Qu'est-ce qui a bien pu se passer entre eux et les bourreaux ? Se sont-ils laissé piéger ? Non ça ne leur ressemble pas, ils sont si intelligents et avertis. Non, pas possible. Peut-être n'avaient-ils pas assez d'argent pour soudoyer ces salopards ? Oui, ça ne peut être que cela." Les trois gamins ne veulent plus les lâcher.

— Allez, on vous rejoint, dit Ringo à Yala.

Penda avance la gorge serrée, sans se retourner : elle est révoltée, a une folle envie de crier sa douleur, sa révolte face à cette injustice. Que va-t-elle devenir sans ses compagnons ?

Bouna accompagne la petite troupe et l'aide à embarquer. Penda est impressionnée par la taille de la pirogue. En effet, elle est capable de transporter une douzaine de personnes. De chaque côté, deux vieux bancs en bois usés sont solidement fixés, prêts à accueillir les téméraires. De part et d'autre des extrémités, quatre hommes, tenant leurs pagaies, attendent le feu vert pour braver le fleuve Mano. Penda et ses enfants montent les premiers. Les deux aînés prennent place à ses côtés, tandis que Sara s'assoit sur ses genoux. Ensuite c'est le tour des autres passagers chanceux de s'installer dans la pirogue sous le regard envieux des laissés-pour-compte. Le capitaine Kalas et Finda s'approchent de la barque, échangent quelques mots dans leur dialecte avec les pagayeurs, avant de leur faire signe de partir. Quant à Bouna, comme une statue, il reste planté à la berge, agitant son long bras. La pirogue glisse lentement contre la falaise. Penda lève sa tête, aperçoit ses compagnons, qui, debout, ont aussi le regard fixé sur l'embarcation. Sans le vouloir, elle éclate en sanglots.

— Que se passe-t-il, bonne femme ? lui demande un des pagayeurs. N'ayez pas peur, nous faisons ces traversées plus de dix fois par jour.

— Non, ce n'est pas ça, je vous fais entièrement confiance, dit-elle en essayant de retenir en vain ses larmes.

Elle pleure, pleure encore. Néima et Sara se mettent aussi à pleurer.

— Taisez-vous bon sang ! leur crie un des passagers ou alors on retourne la pirogue et vous descendez.

“Quelle brute ! pense-t-elle, s'il savait combien mon émotion est grande, combien j'ai du mal à me séparer de Miguel et de Ringo que je laisse à la merci de ces bourreaux sans savoir quel sort leur sera réservé.”

À présent la barque a quitté la berge et s'engage tant bien que mal vers le lit du fleuve. Les pagayeurs, torses nus redoublent d'efforts. Elle a du mal à maintenir sa trajectoire, glisse, se heurte contre des troncs d'arbres, se déporte à gauche, puis à droite.

— Agrippez-vous fort, on va commencer la descente du fleuve ; il est particulièrement agité en ce début d'après-midi et les vagues sont très hautes, annonce le plus vieux des pagayeurs.

Penda ordonne aux enfants de bien s'accrocher à elle pendant qu'elle serre fortement Sara contre sa poitrine. Quant à elle, elle cale ses pieds mouillés contre un tabouret placé sous le banc. Les oiseaux se mettent à chanter comme un cortège qui accompagne le combat contre le Mano. Bouleversée, Penda lève la tête dans l'espoir d'apercevoir une dernière fois les étudiants. Mais la pirogue allant de plus en plus vite et la hauteur de la falaise aidant, leurs silhouettes ont disparu. De grosses larmes déferlent sur son visage.

— Attention ! on va traverser une forte zone de turbulences, annonce à nouveau l'homme.

Instinctivement, tous les passagers se retournent, jettent un coup d'œil sur le fleuve. Les enfants ont très peur. Néima et Sara effrayés, crient :

— Maman, on va se noyer, maman ! maman !

Penda ne sait que faire. Sa peur est si grande qu'elle n'ose regarder le monstre. Les eaux deviennent de plus en plus ocres et troubles.

— Allez vite, pagayez, plus fort ! Virez à droite. Oui, plus fort.

L'embarcation tangue, balance puis se soulève sous l'impulsion des vagues, quitte sa trajectoire, fait demi-tour. Les rameurs transpirent chaudement.

— Plus vite ! crie leur chef, une tornade se prépare.

Le courant devient de plus en plus fort. La pirogue se laisse aller vers les eaux noirâtres.

— Attention, cette partie du fleuve est très dangereuse. Passagers, accrochez-vous. Continuez, pagayez, n'arrêtez surtout pas ! Plus fort, pagayez en arrière ! Oui, parfait. Maintenant, pagayez en avant.

La pirogue essaie de reprendre progressivement son itinéraire normal, mais un vent violent s'est tout d'un coup mis à souffler, apportant ainsi une fraîcheur et rendant la tâche des pagayeurs de plus en plus périlleuse. Sur la terre ferme, les feuilles des arbres bougent, des branches se tordent jusqu'à toucher l'eau. Penda sèche ses larmes et se met à prier comme elle à l'habitude de le faire chaque fois qu'elle est confrontée à une difficulté majeure.

— Que Dieu nous sauve !

— Allez, tenez bon, continue le chef des rameurs, on va bientôt accoster et tout sera fini.

Le cauchemar dure une trentaine de minutes. Enfin, c'est la rive gauche du fleuve, le territoire libérien. Les passagers descendent un à un. Penda descend la dernière à cause des enfants. Elle n'en croit pas de ses yeux. “Nous sommes libres, nous ne pouvons plus être arrêtés par les hommes de Bakéréba, se dit-elle intérieurement. Quel exploit ! Oui, un exploit ! Moi qui, ce matin encore jouais entre la vie et la mort." Soudain elle se rappelle cette phrase de Karamoko Bassè : "Vous aurez beaucoup de chance dans votre grande aventure, mais derrière vous, il y aura désolation." "Pourvu que rien n'arrive à nos familles et que la chance leur sourie aussi." Cependant, malgré son exploit, Penda est triste. Elle regarde de l'autre côté du Mano, les autres passagers sont toujours là, certains assis sous le fromager géant, d'autres séquestrés dans le "panier à salade". Elle ne voit pas Miguel et Ringo. Elle est à nouveau prise de panique. "Pourvu qu'ils ne fassent pas partie de ceux qui sont condamnés à retourner pour rejoindre les geôles de Kouradambou. Ah non ! Surtout pas, autant mourir !" Penda est si absorbée par ses pensées noires qu'elle n'a pas remarqué que la camionnette Toyota bâchée, ayant fini d'embarquer ses passagers, est sur le point de partir.

— Maman, lui crie Yala ! La voiture va nous laisser !

En effet, tous les rescapés sont déjà montés à bord du véhicule en partance pour Foyah, la première ville libérienne.

— Chauffeur, arrêtez, je pars aussi !

Elle saisit Sara qui était assis sur une motte de terre à côté de Yala et Néima. Aidés des apprentis, ils sautent dans le véhicule. La bâchée est pleine à craquer.

— Vous avez de la chance, madame, vous arrivez au bon moment, lui dit l'une des passagères. Quand je pense que nous autres sommes là depuis l'aube avec cette chaleur torride et ces milliers de moustiques !

— En effet, répond Penda. Ce n'est pas drôle de passer la journée dans cet endroit insalubre. Mais il faut s'estimer heureux car beaucoup nous envient.

La conversation continue quelques minutes et finit par la lasser. Sa tête est ailleurs, elle est obnubilée par le sort réservé aux étudiants et n'a aucune envie de parler.

Foyah est situé à une cinquantaine de kilomètres du fleuve Mano. La route est quasi impraticable. Le véhicule roule sur une piste parsemée d'embûches, tantôt coupée par des lianes aussi grosses que des câbles, tantôt des ponts en bois rompus en deux ou emportés par les pluies torrentielles. La vitesse maximale n'excède guère trente à 40 kilomètres/heure. Au fur et à mesure que la camionnette s'enfonce dans la forêt tropicale, la voie se rétrécit et la visibilité diminue. “Quelle merde ! Décidément, M'Boron avait raison de qualifier ce voyage d'infernal !” Et dire que Penda pensait qu'une fois de “l'autre côté”, le cauchemar serait terminé. Loin de là. Elle se remémore l'entrevue avec le marabout, pense à ses proches qu'elle ne verra peut-être plus jamais. Sans vraiment le vouloir, elle se remet à pleurer tout bas.

— *Please, for your attention* ! lance une voix.

L'un des apprentis avertit les passagers qu'ils vont devoir descendre du véhicule pour traverser une rivière dont le pont est en bois. À peine l'information lancée, le véhicule commence à patiner. Le chauffeur cherche en vain à le contrôler, mais les pneus glissent, s'embourbent dans le sol imbibé d'eau, d'herbes et de feuilles mortes. Le moteur ronfle fort, puis s'éteint subitement. La Toyota s'immobilise à environ deux cents mètres de la rivière. Tous les passagers se précipitent à terre et marchent, chacun se frayant son propre chemin. Penda remet Sara sur son dos et tient Néima par la main, tandis que Yala se débrouille comme un grand garçon. Ils pataugent dans la boue. Elle ne peut compter sur personne. Ici, c'est la loi du “sauve qui peut”. De toute façon, tous ces visages lui sont inconnus et hostiles. Inutile de leur demander quoi que ce soit. La rivière n'est plus qu'à deux pas. Penda aperçoit un pont en lianes qui l'enjambe dans sa partie la plus étroite et la plus calme. Comment passer ce pont, elle qui n'a jamais vu un pont en lianes. Là aussi, les voyageurs se mettent en file indienne : il faut traverser en petits groupes. Penda, pour observer les habitués de la route, reste bien en arrière. Enfin son tour arrive quand l'un des apprentis accourt, saisit Néima qu'il pose sur ses épaules et prend la main de Yala.

— Suivez-moi et tenez fort les bordures du pont.

Pour une fois, Penda n'arrive pas à dominer sa peur. Elle transpire chaudement, hésite, puis se décide en emboîtant le pas à l'apprenti. Elle évite de regarder l'eau verdâtre qui lui donne des vertiges. Ils traversent la rivière à pas de caméléon.

De l'autre côté, la camionnette se remet à ronfler. Deux passagers seulement y ont pris place, le chauffeur et l'un des apprentis. Elle avance lentement sur le vieux pont couvert d'eau. Faisant preuve de dextérité, le chauffeur, roulant en première, traverse le pont en quelques minutes et tous embarquent à nouveau, chacun reprenant sa place. À présent, la nuit commence à tomber. Au loin, Penda entrevoit des maisonnettes cachées entre les grands arbres. “Sans doute la ville de Foyah”, se dit-elle. En effet, blottie dans les feuillages, Foyah n'est plus qu'à un kilomètre. La camionnette s'engage alors dans l'artère principale qui conduit à la gare routière située en plein centre. La gare grouille de monde.

De part et d'autre de l'artère, des magasins regorgent de marchandises de toutes sortes, de restaurants, gargotes, discothèques, tabliers et vendeuses de bricoles. Au fond, sur une petite colline surplombant la ville, se dresse dans sa majesté l'église anglicane. Quelle différence avec son pays où toute forme de commerce privé est bannie au profit du ravitaillement par les Pouvoirs Révolutionnaires locaux ! Penda est frappée par le nombre de véhicules alignés et par les centaines de voyageurs qui s'attroupent et se séparent en tous sens. Comment retrouver le domicile du vieux Lama, le père de M'boron pour elle qui ne comprend pas le créole ? Elle se souvient alors que ce dernier lui avait dit que leur maison se situait au nord-est de la ville, près du cinéma, à environ cinq cents mètres de la gare routière. Elle remet Sara sur son dos, saisit son sac de voyage qu'elle pose sur sa tête, tient Néima par la main et demande à Yala de la suivre.

Ils avancent, hésitants, excédés par la fatigue et le grouillement de la foule. Un rond-point. Le policier, debout sur un “piédestal” réglemente aisément la circulation. Aucun passage clouté n'est prévu pour les pauvres piétons. Cependant, l'homme, apercevant la petite troupe, fait signe aux véhicules de stopper, saute à terre et l'aide à traverser la rue. Ils continuent de marcher sur le trottoir, regardant de gauche à droite, quand Penda sur un écriteau plaqué sur une grosse pancarte, lit : *“Welcome to Bally's restaurant”*. Le même écriteau est traduit en français : “Bienvenue chez Bally, spécialités du Fouta Djallon”.

“Ah ! un parent, allons donc voir ce qu'il y a de bon”, dit-elle aux enfants.

En les voyant arriver, le maître d'hôtel vient tout de suite à leur rencontre et leur offre son hospitalité. Après les salutations d'usage échangées dans leur propre langue, le pular, Bally les conduit au fond de la salle.

— Attendez ici, on va s'occuper de vous. Vous êtes si fatigués !

Puis il ouvre une petite porte derrière le comptoir où se tient une jeune femme d'une trentaine d'années. En moins de dix minutes, il revient, tenant un plateau rempli de fonio et d'une sauce arachide à la viande de bœuf, le tout accompagné par des boîtes de Fanta, vinto et coca cola.

— Mangez, ne vous gênez surtout pas, car ici vous êtes chez vous.

Penda explique à Bally qu'elle cherche la concession de son oncle, El-Hadj Lama.

— Très bien, répond celui-ci. El-Hadj est notre doyen. C'est vraiment notre père à tous ici.

Il appelle aussitôt l'un des serveurs et lui demande de les accompagner. En moins de sept minutes de marche, ils sont déjà chez le vieux. Le soleil est couché, la nuit presque tombée. Des chiens aboient et des coqs chantent pour annoncer le crépuscule. Sur la grande terrasse de la maison principale, de jeunes gens jouent au lido. Ils sont si absorbés par le jeu qu'ils n'ont même pas remarqué la présence des étrangers.

— *Assalam alaïkoum*, lance fort le serveur.

Tous lèvent la tête et braquent le regard sur la bonne femme et ses enfants. Puis, l'un d'entre eux saute de la table sur laquelle il était assis et s'exclame :

— Pas vrai, Bon Dieu, toi Penda, l'épouse de notre cousin Korka ?

C'est Zaï, le frère cadet de M'Boron, ami intime de Cheick, le petit frère de Penda.

— Entrez donc, bonne arrivée.

Il court, va chercher une vieille dame, Nen Tchogguè, la sœur aînée de Lama (oncle de Korka) qui éclate en sanglots. Penda connaît à peine les autres. Toutefois, elle reconnaît Tcha, l'albinos et beau-frère du vieux Lama.

Tandis que les autres, indifférents, continuent leur jeu, Tcha et Zaï offrent l'hospitalité à Penda. La tante Nen Tchogguè leur chauffe de l'eau, lave les trois enfants et malgré ses soixante-dix ans, leur fait rapidement à manger. Pour ne pas décevoir la vieille, Penda prend trois bouchées de la bouillie au lait caillé, tandis que les gamins, à moitié endormis, refusent de goûter au repas, malgré l'instance de la grand-mère. Avant de se coucher, Penda leur confie son intention de continuer dès le lendemain sa route sur la Côte d'Ivoire pour retrouver son mari, parti il y a quelques semaines. La vieille et les deux garçons, qui espéraient garder leurs étrangers plus longtemps, tentent en vain de la convaincre de se reposer deux jours au moins. Mais la bonne femme est bien décidée à repartir.

Le lendemain, à cinq heures du matin, comme convenu, Zaï et Tcha viennent chercher la petite troupe pour les accompagner à la gare routière. Nen Tchogguè ne dort pas, elle vient à peine de terminer sa prière de l'aube. Son chapelet en main, elle supplie encore la femme de surseoir à son voyage et de renoncer à une telle aventure. Mais devant son obstination, elle finit par se rallier et lui fait ses bénédictions, entrecoupées de pleurs. Penda aussi est très émue, mais elle a choisi l'exil.

— Où que je sois, soyez sûre et certaine que je vous serai toujours reconnaissante pour votre grande générosité.

Elle tend sa main à la pauvre dame et disparaît dans l'obscurité. Tcha porte Sara et le sac de voyage, tandis que Zaï porte Néima et attrape la main de Yala. Penda les suit. Ils marchent vite. Ils sont silencieux. La gare est toujours animée. On dirait que personne n'a dormi la veille. Le restaurant de Bally est déjà ouvert. Des files de voitures de toutes catégories sont alignées. Des dizaines de voix s'élèvent. Qui appelle Ganta, Monrovia, Freetown, qui les autres directions. Une file, une deuxième, une troisième. Un jeune homme court à leur rencontre.

— Monrovia ? demande-t-il.

— Oui, Monrovia, répond Zaï.

— Venez par-là, notre véhicule est presque plein.

En effet, une Peugeot 404 break, la première de la colonne est à moitié pleine. Tcha descend Sara, jette un coup d'œil à l'intérieur.

— C'est pas mal, à mon avis.

Zaï pour se rassurer fait la même chose. Penda et les enfants prennent place sur le siège arrière de la voiture. Ils sont seuls.

À six heures précises, le taxi démarre. Penda se retourne ; Zaï et Tcha cloués sur place, les regardent s'éloigner. Il roule si vite qu'en quelques secondes leurs silhouettes ont complètement disparu dans la faible lueur du jour. Du côté libérien, les routes ne sont pas bitumées. Toutefois, elles sont grattées, rendant ainsi la circulation très aisée. Pour Penda tout se déroule comme un rêve. Jusqu'à présent, tout se passe comme l'a prédit Karamoko Bassè. Quelle chance ! Pourvu qu'elle continue de leur sourire. De temps en temps, elle jette un regard furtif sur le tableau de bord, le compteur oscille entre 130 et 150 kilomètres/heure. Cette fois, elle ne sait pas trop pourquoi, mais elle n'a pas peur ; sans doute à cause de l'état rassurant des routes et du relief beaucoup plus plat et moins accidenté. Le chauffeur semble sérieux malgré son jeune âge. Penda a l'impression de le connaître. En tout cas, il lui rappelle quelqu'un. Poussée par la curiosité et par le fait que désormais, elle est libre de s'exprimer sans risque d'être arrêtée, elle lui demande :

— Jeune homme, ne serais-tu pas de Kouradambou ?

— Oui, en effet. Je suis de Diala.

— Ah, voilà c'est bien ce à quoi je pensais. Tu ressembles énormément à mon beau-frère, Bordo, le mari de ma sœur aînée.

— Tout à fait, répond le garçon, c'est mon cousin germain.

La conversation va bon train. La femme lui explique que c'est la première fois qu'elle quitte le pays pour se rendre à Abidjan *via* Monrovia et qu'elle ne connaît personne dans cette capitale anglophone.

— Ne vous inquiétez surtout pas pour ça. Je connais un ressortissant de Labiko, très hospitalier, qui reçoit tous les parents qui n'ont pas où loger. Sa gentillesse est légendaire. On se connaît bien, c'est un grand ami. Quand je suis arrivé dans cette ville, j'ai habité chez lui durant huit mois. Je mangeais et dormais à l'œil. Je vous y conduirai et vous le recommanderai et tout ira pour le mieux.

— Est-ce possible ?

Cela lui paraît si facile qu'elle a du mal à accepter et pourtant ce jeune homme n'est pas du type à mentir. À le voir et à l'entendre, on ne peut que lui faire confiance. Son intuition la trompe rarement. Soulagée, elle ferme les yeux afin de s'assoupir et ne pas sentir la distance à parcourir. Les trois enfants dorment aussi, les deux petits, la tête posée sur ses jambes et celle de Yala, collée contre la fenêtre droite.

Le trajet Foyah-Monrovia s'annonce bien. Dans le taxi, l'atmosphère est assez détendue. Les clients parlent, rient. Mais Penda ne comprend pas grand-chose de leur jargon. Il lui arrive parfois de capter certains mots grâce à l'anglais qu'elle a appris à l'école. Seul le chauffeur ne dit mot, essayant de se concentrer sur sa conduite, afin de gagner du temps. Le compteur de kilométrage est pratiquement stable entre 130 et 150 kilomètres/heure, excepté les virages où il ralentit un peu. Quelle belle nature ! Des plantations de bananes, d'ananas, de café, d'hévéa et de manioc à perte de vue. Quel peuple travailleur ! Partout, on retrouve l'empreinte de l'homme. Penda est surprise par les potentialités naturelles de ce petit pays. Que de ressemblance avec le sien ! Quand elle ne dort pas, elle contemple le paysage. Ce voyage ressemble à du tourisme. Détendue comme elle ne l'a jamais été depuis son départ, elle se met à fredonner tout bas ses chansons préférées quand soudain, elle entend un cri bizarre :

— Ouah ! Ouah !

Le temps de réaliser ce qui se passe, tel un jet d'eau, le vomissement d'une femme enceinte assise sur le siège du milieu, juste devant elle, lui arrose un côté du visage. En effet, la femme ayant descendu la vitre gauche pensait pouvoir envoyer son vomissement dehors. Mais la direction du vent allant dans le sens inverse, le liquide nauséabond se retourne pour gicler sur les passagers du siège arrière. Furieuse, Penda alerte le chauffeur qui roulant à grande allure ne s'arrête que deux cents mètres plus loin. Penda saute à terre, fonce droit sur le ruisseau qui coule à deux pas, y plonge son visage. Le chauffeur, gêné par cet incident fâcheux, la rejoint et lui tend une savonnette. Elle lave énergiquement son visage au point de s'arracher la peau. Les autres passagers sermonnent la femme enceinte qui, honteuse se confond en excuses. L'escale forcée dure un bon quart d'heure.

Le chauffeur apparemment très prévoyant sort un gros citron et une boîte de lait Guigoz vide qu'il tend à la femme en prévention d'éventuels vomissements. Le taxi reprend son rallye. Penda a la nausée. Une odeur insupportable se dégage de la 404. Tout le monde se plaint. Certains passagers essaient d'ouvrir les vitres pour aérer, mais derrière, un nuage de poussière s'élève et envahit l'intérieur du véhicule. Elle aurait préféré mille fois l'odeur du “kinda”, du poisson fumé ou du beurre de karité du vieux camion Magi-russe. L'odeur qu'elle sent actuellement lui rappelle les crachats de Na Dagbè sauf que ceux-là dégageaient en plus une odeur de tabac. Elle sort alors un bonbon à la menthe de son sac à main et le suce pour éviter de vomir à son tour. La femme enceinte a vraiment gâché sa journée. Pour une fois qu'elle se sentait à l'aise et se réjouissait de son interminable voyage ! Penda se résigne. “Néanmoins, pourvu que cette maudite femme n'arrose pas les enfants de ses saletés !” Le chauffeur appuie à fond sur l'accélérateur pour rattraper le temps perdu. À l'horizon, un immense bois couvrant plusieurs centaines d'hectares apparaît.

— Nous serons bientôt à Monrovia, dit-il d'un ton rassurant.

En effet, à la vitesse du véhicule, des arbres défilent. Impossible de les différencier tant cette forêt présente une harmonie. Ensuite elle s'estompe petit à petit cédant la place à des clairières dans lesquelles des hameaux sont dispersés. De temps à autre, le jeune homme lève sa main pour saluer les habitants qui apparemment le connaissent tous.

— *You're welcome*, répondent la plupart.

Depuis une dizaine de minutes, le taximan réduit la vitesse. C'est l'entrée dans la capitale libérienne qui commence. De part et d'autre de la route nationale, on remarque des maisons en dur et de magnifiques villas construites dans le style anglophone. Bon nombre d'entre elles ont un ou deux niveaux. “Ces constructions sont vraiment différentes de celles de mon pays.” Malgré la misère de Kouradambou, les habitations semblent de loin plus gaies et plus belles.

À présent, la voiture roule en plein centre-ville, passant parfois par des ruelles très exiguës et encombrées de piétons ou de vendeurs. Penda est frappée par la facilité avec laquelle le chauffeur conduit dans les différents quartiers. À de nombreux carrefours, il s'est arrêté, soit pour échanger quelques mots créoles avec des policiers, soit et c'est souvent le cas, pour leur filer des sous. Le véhicule circule entre les ruelles. Il est un peu plus de dix-sept heures lorsqu'il entre en gare routière. Cette gare est beaucoup plus grande et grouillante que celle de Foyah. Tous les passagers descendent, excepté Penda et ses enfants que le garçon propose de déposer chez leur compatriote. Après un bon quart d'heure, la voiture se gare le long d'un trottoir relativement calme au bord duquel se dresse une coquette maison à étage. Sur le balcon, une vieille femme égrène son chapelet.

— *Assalam alaïkoum*, crie le chauffeur.

La vieille lève aussitôt la tête.

— Qui nous ramènes-tu ce soir encore ? répond-elle au jeune homme. Je rêve ou pas ? Est-ce bien Penda, la fille de Thierno Afia et de Nantasira ?

Reconnaissant la fille de ses voisins, elle descend à toute allure les escaliers, malgré son âge. De son côté, Penda n'en revient pas. C'est Yayé Mata, l'amie de sa mère.

— Quelle chance !

— Venez tous, montez !

Elle prend Néima et attrape la main de Yala.

— Bienvenue chez mon fils Boyi. Il sera ravi de vous recevoir. Faites comme chez vous ! Pendant qu'elle s'occupe d'eux, le chauffeur dépose les affaires de sa cliente, lui souhaite bonne continuation et disparaît. En effet, ils ne peuvent pas tomber mieux car Yayé Mata est l'amie de sa mère. À Labiko, ils habitent presque dans la même concession. N'est-ce pas son second fils Tanou qui était le couturier de Penda et de ses sœurs quand elles étaient encore étudiantes ?

La vieille les reçoit comme des princes. Dans la maison, à l'étage, il y a trois chambres à coucher, deux salles de bains et deux W.C. plus une grande cuisine. Elle loge la bonne femme dans la sienne où se trouvent deux grands lits.

— Penda ! Tu dormiras sur l'un des lits avec Sara et Yala, tandis que Néima dormira avec moi ; elle me rappelle tant ma petite fille Marta. Leur ressemblance est vraiment frappante. Te souviens-tu de ma fille (son unique fille parce qu'elle n'a que des garçons), qui s'est mariée à l'Italien et a eu une fille ? C'est d'elle que je te parle. Elle ressemble à Néima comme deux gouttes d'eau. Ils résident à San Pedro, en Côte d'Ivoire. Je devine que tu t'y rends parce que pas plus tard qu'avant hier soir, mon fils aîné Boyi me disait avoir appris que ton mari a fui pour aller à Abidjan.

"Bref... Les nouvelles vont vraiment vite", pense Penda. Elle explique alors à la vieille son intention de rejoindre son mari.

— Très bien, répond-elle, c'est légitime et je te félicite pour ton courage et ta témérité. Quand ton frère Boyi rentrera du travail, ce qui ne va pas tarder, on verra ensemble ce qu'il y a lieu de faire, car visiblement vous avez tous besoin d'un bon repos avant de reprendre cette longue route.

Elle n'a pas terminé sa proposition que celui-ci ouvre la porte.

— Oh ! s'exclame-t-il haut et fort d'une voix qui traduit à la fois la surprise et la joie. Toi, Penda ? Il y a belle lurette ! Mais tu as très bonne mine et n'as pas changé d'un pouce, toujours aussi jeune et belle. C'est justement ma mère qui me donne de vos nouvelles à tes sœurs et à toi à l'occasion de ses séjours ici.

Penda lui explique alors comment elle a atterri chez lui et le but de son aventure.

— D'accord, mais tu resteras quelques jours avec nous. Il faut que tu te ménages et que tu penses à ces enfants. Ils sont très jeunes et ne pourront pas supporter toute la route d'une seule traite. Ils risquent d'être malades parce qu'elle est longue et pénible. Vous resterez ici le temps qu'il faut pour reprendre des forces. Ensuite, je vous recommanderai à un ami à moi, transporteur, pour continuer.

Ils sont si naturels et sincères que la jeune femme accepte volontiers de passer deux jours en leur compagnie. Ainsi, les gamins et elles pourront se reposer. Ce soir-là après le dîner, Yayé Mata couche les enfants qui, dans tous les cas n'auraient pas demandé mieux. Quant à Penda, elle reste quelque temps avec ses logeurs pour leur donner des nouvelles du pays, car à travers les multiples questions qu'ils posent, ils n'en ont pas reçu depuis des années. Toutefois, elle fait très attention à ce qu'elle dit, évitant notamment de parler de politique, malgré l'entière confiance qu'elle leur voue. D'ailleurs, eux-mêmes semblent plus ou moins méfiants sur ce point probablement pour ne pas l'indisposer. De son côté, Boyi lui apprend qu'il s'est séparé de sa femme. Elle apprend aussi que sa cousine Aïe, ainsi que trois autres aventurières viennent d'arriver du pays. On l'informe également que sa petite sœur Natou qui “a fui” et dont elle n'a pas eu de nouvelles depuis son départ, il y a environ une année, est passée par Monrovia où elle a séjourné quelques semaines avant de continuer sur Abidjan. Voilà une nouvelle réconfortante et elle se réjouit à l'idée de revoir sa petite sœur adorée.

Le lendemain, à son réveil, Boyi était déjà parti travailler. Commerçant de son état, il a sa boutique située au centre ville, sur la plus grande avenue de la capitale, à Benson Street. Dans l'après-midi, elle confie les gamins à la vieille et demande à Aïe de lui faire visiter la ville dont elle a tant entendu parler. C'est avec un réel plaisir que celle-ci accepte. Elle connaît parfaitement Monrovia, car elle y séjourne depuis plusieurs jours. Elle visite entre autres le "White House", palais présidentiel, construit sur une colline qui surplombe la ville, ainsi que certains endroits importants et touristiques.

La tournée se termine par la boutique de Boyi, qui la veille, avait insisté pour que son hôte y fasse un crochet. Penda est impressionnée par sa superficie et la variété de marchandises qu'elle contient. Sur plusieurs étagères, des tissus de toute catégorie sont entreposés. Des super-bazins au fansi, en passant par le prêt-à-porter et les sous-vêtements. L'espace beauté offre également des articles de droguerie les plus divers auxquels s'ajoutent les produits cosmétiques américains ainsi que des bricoles telles que les lunettes de lecture et de soleil. Boyi les invite à s'asseoir dans un coin spécialement aménagé pour la pause-café et le déjeuner, parce qu'il ne rentre pas entre midi et deux heures. Il leur offre alors à boire et à manger. Ensuite, il sort un gros paquet qu'il tend à Penda. Surprise, celle-ci décline l'offre.

— Merci beaucoup, dit-elle gênée. Le fait simplement de me recevoir *incognito* avec ma marmaille chez vous me suffit.

Mais le commerçant, dont la gentillesse et l'hospitalité sont connues aussi bien à Kouradambou qu'au Libéria, insiste tellement, qu'elle accepte le cadeau pour ne pas le blesser.

De retour à la maison, elle l'ouvre. Quelle surprise ! Des vêtements pour les enfants et pour elle-même, des chaussures, des bricoles pour le voyage, comme un parfum d'Yves Saint-Laurent, des déodorants, couches, biscuits... et une paire de lunettes de soleil. À la fois gênée et émue par ce geste, la jeune femme ne sait comment remercier le commerçant.

— C'est normal, ma fille. Tes parents nous ont toujours soutenus quand nous avions des difficultés. Tu n'as que ce que tu mérites, lui dit Yayé Mata. Tu sais, poursuit-elle, les enfants de ton père ne peuvent pas souffrir ici-bas parce que sa générosité est légendaire. N'est-il pas vrai que tous les fous et mendiants de Labiko mangent chez vous ? N'est-ce pas lui qui distribue argent et denrées alimentaires aux pauvres chaque vendredi ? Crois-tu que tous ces bienfaits seront perdus ?

Elle continue des minutes durant à vanter les mérites des parents de l'étrangère. Le deuxième jour se passe sans rien de particulier. Elle passe la journée en compagnie de la vieille, de sa cousine Aïe et des autres filles. Chacune raconte son histoire : comment elle a trompé la vigilance de ses parents pour quitter le pays ou celle des miliciens, gendarmes et policiers, notamment pour traverser la frontière. Quelles comédiennes ! Quel esprit d'entreprise et d'imagination !

Finalement, Penda constate que quelque part toutes ces histoires se ressemblent et se recoupent. La seule différence avec la sienne, c'est qu'elle, Penda, est accompagnée des trois enfants, et qu'elle est fonctionnaire de l'État, tandis que les filles sont sorties seules et sont des étudiantes à l'université ou dans des écoles professionnelles. Toutes font mention du comportement impitoyable et outrageant des hommes en uniforme, en particulier le sergent et l'adjudant chef Finda. Aïe raconte qu'elle a failli être reconnue par le capitaine Kalas qui a longtemps servi dans l'armée sous les ordres de son père. Heureusement, elle avait une fausse identité et son passeur était aussi Bouna.

Elles parlent ainsi des heures sans se rendre compte que le temps avance à pas de géant. Il a fallu que Yayé Mata leur rappelle que la prière d'Asr approchait et qu'il fallait se préparer. Il est vingt heures. Boyi vient d'arriver, chargé de fruits et de bonnes choses pour compléter le repas du soir. Tout le monde mange à sa faim. Avant de regagner sa chambre, il annonce à Penda qu'elle pourra continuer sa route le lendemain avec son ami John, un taximan libérien qui fait le trajet Monrovia-Ganta et qui se chargera de lui trouver un véhicule pour Toulépleu, la ville frontalière ivoirienne. Il ajoute qu'il faut que Penda et les enfants soient prêts tôt, parce que John passera les prendre à six heures précises du matin. Il leur souhaite à tous une bonne nuit et disparaît. La femme et les bambins se couchent également tôt.

Le lendemain, vendredi, dès cinq heures, tout le monde debout. Comme convenu, à six heures, un minibus se gare le long du trottoir. Les filles dorment. Boyi et sa mère accompagnent leurs étrangers. Le chauffeur leur a réservé les meilleures places selon les consignes de son ami, des sièges moelleux placés au milieu du véhicule. Boyi fait monter les enfants un à un. Cette fois, ils occupent seuls un siège prévu pour cinq personnes. Pour leur confort, le commerçant a payé les deux places supplémentaires. Penda ne paiera que les trois autres. Dans le véhicule, une vingtaine de passagers a déjà pris place. La femme pose Sara sur ses jambes et demande à Yala de veiller sur Néima tout en prenant soin de la serrer contre elle.

Le voyage Monrovia-Ganta se déroule sans incident majeur, excepté une crevaison survenue à mi-chemin. John roule modérément, excédant rarement cent kilomètres/heure. Toutefois, à maintes reprises, des policiers ou des douaniers ont arrêté le taxi afin d'effectuer des contrôles de routine. Penda étant la seule à posséder une pièce d'identité étrangère, suscite la curiosité. On lui pose toutes sortes de questions, qu'elle essaie tant bien que mal de répondre dans un anglais lamentable. Mais à chaque fois, John doit donner des sous pour apaiser la situation et continuer sa route.

Décidément, ces hommes en uniforme sont partout les mêmes ! La seule différence, c'est que ceux-là cherchent surtout de l'argent. Ils ne font de mal à personne.

Il est dix-huit heures lorsqu'ils arrivent à Ganta situé à cinq cents kilomètres de la capitale. Le chauffeur les conduit directement et conformément aux instructions de Boyi, à l'hôtel Mandingo, géré par la belle Rokia et son époux. Belle, Rokia l'est réellement. Quinquagénaire, on lui donnerait facilement la trentaine. Elle porte un magnifique boubou bleu brodé avec goût et des chaussures noires brillantes à demi-talons qui mettent en valeur les dessins géométriques soigneusement tracés sur ses pieds à l'aide de henné. Ses doigts fins sont couverts de bagues en or. L'élégance rêvée. Après des salutations d'usage en créole, John lui tend une enveloppe qu'elle ouvre aussitôt. Elle remercie le jeune homme et fait signe à Penda de prendre place dans la salle d'entente, près de son bureau. Quelques minutes plus tard, elle réapparaît toute souriante.

— Bienvenue. Je vois que tu es la sœur de notre ami Boyi, puis elle lui fait signe de la suivre.

Elles longent un long couloir dont toutes les portes sont fermées. Rokia s'arrête devant l'une d'elles, au fond.

— Très bien, ma sœur, tu dormiras dans cette chambre. C'est la meilleure sur ce palier. Elle est loin du bar et du restaurant. Tes enfants et toi serez tranquilles. Face à la terrasse que tu vois, j'ai mon appartement privé. Cette pièce est spécialement réservée aux intimes.

C'est une magnifique chambre moquettée et climatisée avec deux grands lits, dont un grand et un petit, soigneusement faits, une commode, un miroir, une salle de bain avec une splendide baignoire rose. Une large fenêtre vitrée doublée de grillages anti-moustiques et ornée d'un rideau fleuri et d'un voilage assorti à la peinture de la chambre complète le confort. En voyant ce luxe criard, Penda est hésitante.

— Combien coûte une telle chambre ? demande-t-elle gênée.

— Ne t'en fais pas. Tu ne paieras rien. Boyi nous rend d'énormes services. Nous achetons beaucoup de choses dans son magasin. Il nous a toujours fait des prix d'amis, souvent dérisoires et aussi des cadeaux, sans compter qu'il nous envoie plein de clients. On a d'excellents rapports. Soyez donc à l'aise. Cette maison est la vôtre.

"La chance, encore la chance !" se dit Penda, qui a du mal à réaliser ce qui lui arrive. Jamais elle n'aurait pu loger dans un tel hôtel. Peut-être même dormirait-elle à la gare routière de Ganta, sans son "frère" Boyi.

— Vous viendrez me retrouver au restaurant qui se trouve à l'autre bout du bâtiment, quand vous aurez fait votre toilette, dit-elle.

Penda lave les enfants, leur met les habits neufs offerts par Boyi. Elle prend à son tour son bain, se parfume et porte la belle robe offerte par celui-ci.

Le restaurant est rempli. Toutes sortes de plats sont servis par des jeunes gens habillés en bleu et blanc. À gauche de l'entrée, derrière le bar, Rokia, assise sur un tabouret, est accompagnée d'un homme sexagénaire aux cheveux poivre et sel, élégamment vêtu. Elle vient tout de suite à la rencontre de la femme qu'elle présente à son mari. C'est un homme charmant et plein d'assurance. Il appelle aussitôt l'une des demoiselles et lui demande d'installer les arrivants. Ensuite, la serveuse tend une carte à Penda qui commande du poulet et de la salade anglaise. Là encore, elle ne paie rien. Ces gestes la mettent vraiment mal à l'aise ; elle sort alors dix dollars, qu'elle laisse en pourboire.

Pendant qu'elle dîne, elle remarque un homme en costume gris sombre, coiffé d'un chapeau noir dont le regard est constamment braqué sur elle. “Pourquoi me regarde-t-il avec insistance ?” Un frisson lui traverse le corps. “Me connaît-il ? Non. Je ne crois pas.” Une chose reste sûre, Penda ne le connaît ni d'Adam ni d'Ève. Elle cherche en vain à éviter son regard. Mais l'homme continue de la fixer, en multipliant les sourires et les clins d'œil pour attirer son attention. “Pourvu que ce ne soit pas un espion chargé de me surveiller ou de me capturer, pense-t-elle. Elle hésite : faut-il en parler à Rokia ? Mais comment s'y prendre pour ne pas attirer l'attention de l'inconnu et susciter sa colère. Et puis, la gérante est réellement occupée avec ses clients. Tant pis, c'est peut-être simplement un dragueur du genre de ceux que l'on rencontre dans ces milieux.”

Une fois le repas terminé, elle s'avance vers le bar et remercie le couple qui leur souhaite une bonne nuit et demande à la même serveuse de les accompagner dans leur chambre. Penda ferme aussitôt la porte à double tour. Tout est bien bouclé. Il n'y a rien à craindre, ils peuvent dormir tranquillement. Yala occupe le plus petit des lits, tandis que Néima et Sara se couchent sur le grand lit auprès de leur mère. Épuisés, ils ne tardent pas à trouver le sommeil. Penda s'endort la dernière, pensant à l'interminable parcours qui reprendra dès le lendemain. La distance Ganta-Toulépleu est à peu près la même que celle de Monrovia-Ganta, soit un demi-millier de kilomètres. “Mais nous sommes bientôt au bout du tunnel. Le plus difficile est déjà fait. Du courage ! Tu vas réussir parce que jusque-là, la chance t'a toujours souri. Dieu est vraiment avec toi, comme te l'a dit Karamoko Bassè.” Décidément, c'est incontestablement un érudit, puis sur cette note optimiste, le sommeil l'envahit petit à petit.

Deux heures du matin. Le bruit d'une serrure interrompt son sommeil. Elle saisit sa torche qu'elle braque vers la porte. Pas de clé. Bizarre ! Que se passe-t-il, bon sang ? Soudain la porte s'ouvre, l'homme au chapeau est flanqué au beau milieu de la pièce, portant un pyjama noir et des chaussures Bata. Penda croit rêver. Il fonce vers elle. C'est à ce moment qu'elle réalise et saute du lit en criant. Yala et Néima se réveillent subitement. Ils pleurent de toutes leurs forces. Penda court dans tous les sens, essayant de semer l'énergumène.

— Au secours ! Au secours ! crie-t-elle, au point de se déchirer la gorge.

Yala, par on ne sait quelle astuce, réussit à s'échapper et se lance dans le couloir, criant de toutes ses forces “au voleur”. Surpris, les autres clients se réveillent et foncent dans la chambre de la pauvre femme. Mais à leur étonnement, personne. L'homme s'est enfui par la fenêtre, restée entrouverte. Rokia et son mari, habitant l'annexe au fond de la cour, arrivent les derniers. Ils sont indignés et présentent leurs excuses à la jeune femme.

— C'est la première fois qu'un tel incident se produit dans notre établissement. Personne ne peut réellement donner une explication à ce genre de situation. C'est tout simplement un psychopathe, dit la gérante.

Puis se tournant vers son mari :

— Je t'avais dit que cet homme me paraissait louche. J'ai remarqué qu'il lorgnait Marie, la serveuse.

— Tu as parfaitement raison. On a eu tort de l'héberger. C'est moi qui ai insisté en me fiant à son apparence. Il est vrai que vous, les femmes, avez toujours eu un sixième sens.

Un autre client affirme également avoir douté de la moralité de cet homme. Bref, les commentaires vont bon train, quand l'un des garçons de chambre vient les interrompre, en annonçant que le bandit a fui sans régler son addition. Sa chambre est vide.

— Ce n'est pas grave tant qu'il n'a pas fait de mal à notre cliente, qui, force est de le reconnaître, a beaucoup de chance et de mérite parce qu'il aurait pu la violer ou la tuer.

Penda et ses enfants sont traumatisés et ont du mal à expliquer la scène. Dans tous les cas, les preuves sont bien là, indéniables : la clé de la porte par terre, un journal en dessous. Ce journal a sans aucun doute servi à ouvrir la porte. L'homme a dû le glisser sous la porte, puis il a glissé le fil de fer dans la serrure, la clé est tombée sur le journal oublié sur les lieux ; ensuite, il l'a récupérée et a ouvert la porte. C'est la seule explication plausible. Car il n'y a aucune marque d'effraction et personne, excepté Penda, n'a entendu un bruit. C'est vraiment génial comme idée. En plus, il faut être habitué à de telles opérations pour y réussir. On finit par conclure que l'homme en question est un bandit de grand chemin et qu'il faut absolument alerter la police et lancer un avis de recherche pour le retrouver et le boucler. Il est presque cinq heures quand les uns et les autres regagnent leurs chambres. Penda et ses enfants ne se recouchent pas, préférant attendre au restaurant, où les serveurs commencent déjà à servir le petit-déjeuner pour les voyageurs matinaux. Cette nuit, Penda ne n'oubliera jamais. Quant à Rokia et son époux, ils se rendent immédiatement au commissariat situé à environ cinq cents mètres de l'hôtel Mandingo, pour déposer plainte. À leur retour, ils font un compte rendu à leur hôte et lui annoncent qu'elle pourra continuer son voyage avec le jeune frère du mari de Rokia, propriétaire d'un taxi. Ainsi dit ainsi fait.

À sept heures précis, un minibus se gare devant l'hôtel. Un grand garçon coiffé "afro" descend aussitôt. Il est habillé en pantalon jean collant avec un tee-shirt noir, assorti à ses bottillons. Il porte des lunettes fumées et une grosse moustache qui lui donnent l'allure d'un véritable cow-boy. Il a l'air hautain et imbu de sa personne. C'est vraiment le type d'individu que déteste Penda.

— Où sont les passagers ? demande-t-il en entrant au restaurant sans même saluer.

— Ils sont là et sont déjà prêts, répond la gérante.

— Très bien, à l'embarquement et vite, on va partir.

Le couple les accompagne jusqu'à la voiture, les aide à monter et s'excuse à nouveau pour le malheureux incident de la veille.

— Ce n'est rien, au contraire c'est à moi de vous remercier pour toute votre hospitalité, dit Penda.

Rokia s'avance vers la cabine du véhicule.

— Jack, ajoute-t-elle en créole, prends soin d'eux. Nous te les confions durant ce long voyage.

— OK. Vous pouvez compter sur moi, répond le garçon.

Le mari de Rokia sort une enveloppe qu'il tend à son frère. Il revient vers Penda et lui murmure à l'oreille :

— Nous avons écrit au chef de poste de Toulépleu pour te

recommander. C'est un grand ami à nous et c'est aussi un compatriote.

Le minibus est entièrement occupé. Pas de surcharge. Juste le nombre de passagers requis. Par le confort qui y règne, on devine qu'il est presque neuf. Jack roule à une vitesse folle. Il ne parle à personne, passe successivement des cassettes anglaises et américaines. Du reste, il est très concentré au volant et semble bien connaître son métier. On sent que c'est un habitué du tronçon Ganta-Toulépleu. C'est à peine s'il ne conduit pas les yeux fermés. La route est presque toute droite. De part et d'autre, des plantations de café, cacao, bananes, hévéa, défilent à perte de vue. Encore une fois, la voyageuse est impressionnée par les potentialités agricoles du pays. Néanmoins, de temps en temps, ils traversent des hameaux isolés perdus dans la forêt. La végétation change au fur et à mesure, la savane cédant la place à la forêt dense, caractéristique de la sous-région. Penda est nostalgique. Quelle similitude avec son pays ! La tristesse la gagne progressivement. Kouradambou commence déjà à lui manquer. Combien de kilomètres à présent les séparent ? Commence-t-elle à regretter ce pays natal qu'elle aime et que pourtant, elle ne reverra peut-être jamais ? Abidjan n'est-elle pas la grande inconnue pour elle qui n'a jamais quitté sa chère patrie ? Elle se demande alors si elle a bien fait de partir. Trop tard, Penda, trop tard, “la rivière qui coule ne revient jamais sur ses pas”, accroche-toi, lui dit une voix intérieure.

Ce voyage lui paraît excessivement long, malgré la conduite irréprochable et rapide de Jack. Par deux, trois fois au cours du trajet, celui-ci s'est quand même retourné furtivement pour lui demander si tout se passait bien. Il est presque quinze heures quand enfin ils arrivent à la frontière ivoiro-libérienne.

— Nous y voilà ! annonce avec fierté Jack, en créole.

Il avance lentement puis se gare à une centaine de mètres d'un marigot. Tout le monde descend. Quelques véhicules dont les passagers attendent depuis des heures avaient déjà occupé les meilleures places. De chaque côté du cours d'eau, des voyageurs s'affairent, les uns accompagnés de policiers, les autres cherchant à les éviter à tout prix. On dirait un marché forain, sauf que là, il n'y a pas de marchandise concrète. Les négociations se font en coulisse. Penda regarde un à un les voyageurs, aucune connaissance, bien que certains d'entre eux soient sûrement des compatriotes. "Tant mieux", pense-t-elle. Elle étale alors son pagne leppi à même le sol, fait asseoir ses enfants à côté d'elle. Le soleil tape dur car cet endroit est totalement dépourvu de végétation, sans doute pour éviter que les clandestins n'y trouvent refuge. Cette frontière lui rappelle celle de Moussoudougou avec le remue-ménage au bord du fleuve Daro. Elle se souvient de Miguel et Ringo, les deux étudiants restés bloqués là-bas. "Pourvu qu'ils soient sains et saufs !" Elle baisse la tête afin de prier pour eux, quand soudain Jack se plante devant elle.

— *Wait for a moment please* !

Sur ces mots, il saute par-dessus le cours d'eau et se dirige vers le poste de police, probablement pour déposer le courrier que son frère lui a confié. "Pourvu que la chance continue de me sourire, parce c'est le dénouement de toute cette aventure rocambolesque !" Elle se rappelle alors que Boyi lui avait parlé d'un de leurs parents, installé depuis de longues années en Côte d'Ivoire et naturalisé Ivoirien, l'inspecteur Pôtikérin, qui était affecté à ce poste frontalier et qu'elle n'avait pas trop à s'inquiéter. L'attente devient de plus en plus longue et insupportable. Les enfants ont faim. Ici, il n'y a presque rien à manger, juste une vendeuse de beignets et quelques marchandes de fruits. Penda achète un peu de chaque. Il est plus de seize heures. Un policier sort de la maisonnette qui sert de bureau au poste de police ivoirien situé en aval du ruisseau.

— Donnez-moi tous vos pièces d'identité ! lance-t-il aux aventuriers.

Puis il fait le tour des voyageurs pour les collecter. Une fois terminé, il enjambe à nouveau le ruisseau et fonce dans la petite bâtisse.

Plusieurs minutes se sont écoulées. Les gens commencent à s'impatienter. On lit sur leurs visages tirés, la fatigue et l'angoisse. Ainsi, le regard braqué sur la maisonnette, tous épient les moindres gestes et paroles militaires, devenus pour la circonstance les maîtres de leur destin.

Il est bientôt dix-huit heures, quand Jack réapparaît, accompagné d'un homme grand, mince, à la face ornée d'une longue barbe et de moustaches repliées comme des cornes. Contrairement aux autres agents, il est habillé en civil.

— Penda, Penda Sala ! crie l'homme d'une voix enrouée.

— C'est moi, s'empresse de répondre la jeune femme.

— Très bien ! Suivez-moi.

Jack saisit aussitôt le sac de voyage de Penda ainsi que Néima qu'il pose sur ses épaules et tient la main de Yala. Penda met rapidement Sara sur son dos. Ils traversent le marigot, précédés par l'homme et pénètrent dans la baraque composée de trois salles. Dans l'une d'entre elles, cinq policiers dont deux femmes fouillent systématiquement les voyageurs. La plus petite sert de bureau à l'inspecteur. À l'intérieur, une table sur laquelle sont empilées des dizaines de passeports et autres documents. Il leur ordonne de prendre place sur la banquette placée devant son bureau, congédie le chauffeur et ferme la porte. Il sort alors la carte d'identité de Penda, la tourne, la retourne, fixe droit dans les yeux la femme et sourit.

— Toi, ménagère ? Même à te voir, on sait que c'est faux. N'es-tu pas la fille de Thierno Afia et l'épouse de Korka Baïlo, l'ingénieur ?... Je suis l'inspecteur Pôtikérin, un grand ami à ton père. Ton mari est passé par ici il y a quelques semaines. C'est grâce à moi qu'il a pu traverser la frontière sans se faire repérer. Tu as vraiment eu de la chance de me trouver là aujourd'hui, car à partir de demain, je serai en congé pour un mois. Tu ne mesures pas le risque que tu as pris en t'embarquant dans une telle aventure avec tes enfants sans passeport, ni autorisation de sortie. Nous ici, nous ne blaguons pas avec les fuyards, notamment les femmes. Néanmoins, je vais essayer d'étudier ton cas avec mes hommes et peut-être que nous partirons ensemble à Toulépleu à la fermeture des bureaux. Par ailleurs, Jack m'a remis la lettre que son frère et sa belle-sœur m'ont adressée te concernant. Nous sommes très amis.

Il se lève, va jusqu'à la porte et appelle :

— Lieutenant Adjoua, Lieutenant Adjoua !

L'une des femmes policières arrive en courant.

— Cette femme est l'épouse de mon neveu qui est passé par-là il y a un peu plus de deux semaines, avec lequel j'étais monté à Toulépleu dans ma voiture, t'en souviens-tu ?

— Oui, chef.

— Eh bien, voici sa carte d'identité, fais-lui un laissez-passer. Je la prendrai avec ses enfants dans ma Jeep. Ils dormiront chez moi à Toulépleu et continueront demain même sur Abidjan.

— À vos ordres, chef, répond la femme qui sort et revient dix minutes après munie du laissez-passer.

La pendule accrochée au mur vient de sonner dix-neuf heures. Les gens continuent encore de défiler dans les deux pièces. Après vérification au peigne fin, quelques-uns sortent réconfortés et montent immédiatement dans des véhicules en partance pour la Côte d'Ivoire. D'autres, “ceux qui ne sont pas en règle”, (mais que signifie “être en règle” ?) sont consignés dans la pièce la plus vaste en attendant d'être renvoyés. Nombre d'entre eux sont accusés de faux et usage de faux.

Parmi ces malchanceux qui, du reste, sont les plus nombreux, on peut compter plusieurs jeunes gens, tout sexe confondu, des étudiants ou de jeunes commerçants rêvant du “Boom économique” ivoirien. Car, et il faut le souligner, dans les années 1970, ce pays était l'Eldorado de la sous-région ouest africaine, où chacun pouvait s'enrichir facilement et mener une vie agréable.

Les rayons solaires ont disparu, la nuit ne va pas tarder à tomber. Les veinards se précipitent dans les minibus garés près de la maisonnette, sous l'œil vigilant de la policière et d'un autre agent, tandis que leurs compagnons, laissés-pour-compte, se contentent de les voir partir. Penda a du mal à réaliser ce qui lui arrive. Tout ça a été si facile pour elle ! Décidément, la chance est avec elle. À présent, elle n'a plus rien à craindre. Elle peut rêver à Abidjan, cette ville dont on lui a tant vanté les vertus. Oui, encore une seule nuit et peut-être une journée, ses enfants et elles pourront enfin découvrir cette merveille tant espérée ! La distance de la frontière à Toulépleu faisant à peine une dizaine de kilomètres, ils arrivent au crépuscule. L'inspecteur habite en plein centre-ville dans une grande villa et ses annexes. La Jeep franchit le portail et se gare dans la cour, remplie de monde. Des gosses courent, sautent, pendant que les mamans font la cuisine.

— Descendez et faites comme chez vous, dit Pôtikérin.

Un homme poussé par la curiosité s'avance vers les passagers sans même leur donner le temps de mettre pied à terre.

— Ai-je bien vu, crie-t-il, Penda, la fille de Thierno Afia et de Nanta, ma cousine ?

Il prend la main de l'étrangère, l'amène sur la terrasse de la maison principale, sous la lumière.

— Penda, mon enfant, Penda Sala, oui c'est bien toi.

Il éclate en sanglots et pleure comme une femme. Penda ne réalise pas. “Est-ce vraiment cet oncle qui, jadis resplendissait de bonheur et de santé ? Qu'est-ce qu'il a maigri !” Elle a de la peine à le reconnaître d'autant qu'il a quitté Kouradambou depuis sept années environ. Comme des centaines de milliers de personnes victimes du régime dictatorial de Bakéréba, à l'arrestation arbitraire de sa dernière épouse et la confiscation de leurs biens, y compris ses maisons et ses véhicules, Modi Tamaro s'est enfui en Côte d'Ivoire. Penda a du mal à contenir son émotion. Quand elle pense que son oncle, à son âge, a été contraint à l'exil, lui qui était pourtant une notabilité de Labiko, lui qui a plusieurs épouses, enfants et biens matériels. Aujourd'hui, il est réduit au néant. Penda a le cœur serré. Elle n'en peut plus, elle pleure à son tour.

La voix du *muezzin* qui appelle les fidèles à la prière, se fait entendre. Tous se ressaisissent, sèchent leurs larmes et entrent dans la paillote placée au fond de la cour. Après la prière, l'heure est au dîner. Les hommes se restaurent ensemble sur la véranda, tandis que les femmes et les enfants mangent dehors. Mais l'état du vieux préoccupe à tel point Penda, qu'elle a perdu tout appétit et préfère rester avec lui pour lui donner les nouvelles fraîches de sa famille et du pays. De son côté, celui-ci lui apprend que son mari Korka est arrivé à bon port à Abidjan et qu'il habite chez Djama, dans le quartier Adjamé, plus exactement aux “220 logements”.

— Mais ne t'en fais pas, l'inspecteur Pôtikérin m'a dit que tu voyagerais dans son taxi demain matin à l'aube. Je demanderai personnellement au chauffeur de te déposer chez Djama. Puis il prit congé d'elle afin de lui permettre de se reposer. Elle ne ferme pas l'œil de toute la nuit, prise de pitié pour son oncle. Elle a aussi compris une chose : l'exil ne réussit pas à tout le monde. La nuit est particulièrement courte. À cinq heures du matin, la Peugeot 504 était garée sur le trottoir. Le vieux Tamaro court chercher sa nièce avec ses enfants.

— Dépêchez-vous, le taxi est là et vous attend !

Il les accompagne et les aide à monter. Tout le monde dort dans la concession, excepté l'inspecteur qui s'entretient avec le chauffeur. Le siège du milieu est exclusivement réservé à Penda et aux enfants. Tous les autres sont déjà occupés par des passagers en partance pour la capitale ivoirienne.

Toulépleu-Abidjan, dernière étape de l'interminable voyage. La route est très bonne, entièrement bitumée. Néanmoins, Penda est frappée par le nombre de véhicules projetés sur les bordures des chaussées, couchés dans des fossés ou calcinés par l'inflammation des réservoirs de carburants, en particulier des taxis, remorques et citernes. La peur l'envahit aussitôt. Elle jette un regard sur le tableau de bord, l'aiguille oscille entre 130 et 140 kilomètres/heure. “Bon Dieu, pourvu qu'on arrive à bon port !”

Le trajet est très long, mais il se déroule dans la tranquillité. À l'intérieur de la Peugeot, les passagers parlent le français ivoirien, très comique du reste, rient, faisant ainsi régner une atmosphère sereine et détendue que Penda n'avait pas encore rencontrée durant son long périple.

En fin d'après-midi, aux environs de seize heures, le taxi entame son entrée dans la mégalopole ivoirienne. Au loin on aperçoit la forêt du Banco, située à l'orée de la ville. Penda en avait déjà entendu parler. Là, au-dessous d'un pont en béton, la rivière “Banco” coule paisiblement. Mais que de monde le long de cette rivière ! Des dizaines de Bellas, qui avec une planche composée de persiennes, qui sur une pierre ou dans une bassine, lavent des montagnes de linge. C'est une véritable industrie pour les Abidjanais n'ayant pas le temps ou la possibilité de faire leur propre lessive. Sa sœur Solè ne lui avait-elle pas dit qu'à Abidjan on trouvait toutes sortes de métiers ?

— Nous sommes enfin au bout du tunnel, murmure-t-elle.

Les enfants et elles sont émerveillés par tout ce spectacle inhabituel des routes avec ces innombrables ponts, panneaux de signalisation, feux tricolores et autres systèmes de matérialisation des routes, ainsi que par le nombre impressionnant de véhicules en tous genres.

— Tiens ! fait remarquer Yala, ici, les bus ont leur route à eux.

Ensuite le taxi monte la côte. Au loin, des immeubles apparaissent, de véritables cités. À perte de vue se dressent les habitations construites par les sociétés immobilières SICOGI et SOGFIA. C'est le fameux quartier Yopougon, Yopougon la Bagarre, à l'antipode d'Abobo la Guerre. Qui n'a pas entendu parler de ces bidonvilles situés dans les banlieues éloignées de la capitale ivoirienne et habités par des centaines de milliers d'individus ? Penda et ses enfants ne laissent rien passer. Ils observent tout à la loupe en regardant à gauche, à droite, devant, derrière. Que de pharmacies, à tous les coins de rues, des magasins d'alimentation, des stations services où chacun peut se ravitailler librement en carburant, sans faire la queue. Mais paradoxalement, que de mendiants, de cireurs de chaussures et de petits nettoyeurs de glaces ou de pare-brise, que d'embouteillages ! Le tronçon Yopougon-Adjamé, leur terminus, a pris plus d'une heure ! Enfin, la gare d'Adjamé dont Solè et l'oncle Tamaro lui ont tant parlé, notamment des dangers, vols, accidents…

La gare d'Adjamé est si vaste, qu'à elle seule, elle constitue un véritable quartier. Penda n'a jamais vu une telle foule de véhicules, allant des grosses remorques ou cars aux Bakas, taxis-villes et bus de la SOTRA. Impossible de décrire les va-et-vient, les bruits, en un mot le remue-ménage qui caractérise cette gare. Des milliers de véhicules de transport toutes catégories confondues sont alignés dans l'attente de voyageurs allant dans toutes les directions. Elle s'étend à perte de vue. Le chauffeur tourne en rond pendant environ quarante-cinq minutes, avant de trouver un endroit où stopper pour laisser descendre ses passagers. Les gares routières de Diongas et de Monrovia sont de loin nettement plus petites et plus calmes. Partout, on n'entend parler que le français ivoirien. Penda est à la fois impatiente et anxieuse :

— Comment et quand arriver au “220 logements” dans toute cette pagaille ? demande-t-elle au chauffeur, une fois les autres passagers descendus.

— Ne t'affole pas, bonne femme. Nous ne sommes qu'à cinq cents mètres de ton quartier. Seulement, dans Abidjan, faut pas compter le temps. Abidjan c'est la merde ! Toi roule pas comment toi vé. Piétons, Bellas avec pousse-pousse vont un pé paï tout sir la route, pas moyén bouzé.

Pendant qu'il parlait ainsi, il cherchait à tout prix à se frayer un chemin pour prendre la route des 220. Un piéton marcherait plus vite. De part et d'autre, des injures.

— Espèce dé Dago, régadé-moi cé camélion, quitte là waï, ti crois qué cé travo appatient à ton pére, crie-t-il souvent quand une vendeuse ou un bana-bana imprudent traverse la rue.

— Chauffard, va té fait voir, réplique l'autre.

Enfin les "220 logements". Comment retrouver l'immeuble et l'appartement de Djama ? L'oncle Tamaro lui a bien expliqué qu'il habite ce quartier, mais ce qu'il a oublié de lui dire, c'est le nom de l'immeuble au moins. Des dizaines d'immeubles et d'autres habitations constituent cette cité située au bas du quartier d'Adjamé. Là encore, le chauffeur tourne en rond pendant plusieurs minutes, parce que chaque fois qu'il demande à quelqu'un le domicile de Djama, la personne ne connaît pas, ou souvent refuse de répondre. Fatigué, il largue Penda et sa marmaille au bord du trottoir de l'avenue des "220 logements", après avoir empoché ses sous. Penda regarde un à un tous ces immeubles, des plus grands aux plus petits. Lequel d'entre eux est le bon ? Elle était là, plantée, ne sachant que faire quand elle croit entendre parler poular, sa langue maternelle.

— Ai-je bien entendu des mots en poular ?

Elle prend Sara sur ses hanches, remet le sac le voyage à Yala et attrape la main de Néima.

— Venez, mes chéris, je pense qu'on est sur le bon chemin. Le fait que ce salopard de chauffeur nous ait largués ici nous arrange, si je ne me trompe.

Elle se dirige alors vers l'atelier de couture où elle a entendu la conversation. Deux jeunes hommes et une jeune femme, assis chacun devant une machine à coudre, parlent et rient, tout en travaillant. Sans remarquer la présence des étrangers, le plus âgé des trois, apparemment le patron, puisqu'il a la machine la plus sophistiquée, est en train de faire des coupes.

— Bonjour, je ne vous dérange pas, dit l'inconnue, en français car à présent elle est libre de s'exprimer dans la langue du blanc sans risquer de se faire repérer.

Surpris, ils lèvent la tête.

— Que puis-je faire pour vous, madame ? demande le patron dans la même langue.

— Je viens juste de débarquer à Abidjan avec mes trois enfants. Je suis de Kouradambou.

Instinctivement, les trois couturiers se regardent.

— Je cherche mon mari qui, à ce qu'il me semble, loge ici aux "220 logements", chez un de ses copains dénommé Djama, continue Penda.

Ils se regardent à nouveau. Le maître avance et ordonne au garçon d'apporter une chaise.

— Asseyez-vous et bonne arrivée.

La femme prend place. Quand enfin sa curiosité est satisfaite, il explique à l'étrangère qu'ils sont aussi tous trois de Kouradambou et viennent de la même région qu'elle. De toute façon, pour elle il n'y a aucun doute. Tout de suite, ils passent au poular.

— En effet, pas plus tard qu'hier, j'ai vu votre mari chez Djama parce que tous les soirs c'est chez lui que je regarde la télévision. Il a même parlé de vous en disant qu'il vous attendait du jour au lendemain. Soyez tranquille, vous avez de la chance de tomber sur mes apprentis et moi, car ici, dans Abidjan, les fuyards sont si nombreux et comme on n'a aucun moyen de savoir qui est qui dans tout ça, généralement, les gens refusent de donner les informations sur nos compatriotes. Mais vous, on ne peut que vous faire confiance, quoique parfois, l'apparence peut tromper. Bref, avec ces gamins dans les bras, je ne peux que vous tirer mon chapeau et vous souhaiter la bienvenue parmi nous.

Il demande alors à la fille de les accompagner chez Djama.

Djama habite juste de l'autre côté de la rue, dans la tour Harmattan au sixième étage. Dans le hall, pendant qu'ils attendent l'ascenseur pour monter, Penda entend une voix qui l'interpelle.

— Penda Sala, pas possible ! Toi, ici à Abidjan ?

La femme se retourne, surprise par cette voix rauque et familière.

— Toi, Bobos ?

— Oui, c'est ton cousin Bobos en chair et en os.

Le jeune homme barbu lui saute au cou. Cela fait plus de dix années qu'elle n'a pas vu ce cousin qui lui a toujours manqué et qu'elle aime bien.

— Finalement, lui dit-elle, tu es resté le même avec ton allure d'adolescent, toujours tiré à quatre épingles. Tout ce qui a changé en toi, c'est ta coiffure afro qui te rend plus disco.

— On essaie de se maintenir, répond le garçon flatté.

Il lui explique que la veille, il avait rêvé de son arrivée avec les enfants et en avait parlé à son mari.

— Décidément, ton rêve est devenu réalité !

Il est si heureux, qu'il plaque son copain au bas de l'ascenseur pour accompagner la cousine qu'il ne quittera plus un seul instant de la soirée.

Il est bientôt vingt heures. Cela fait exactement une semaine jour pour jour que Penda a quitté Kouradambou. Le domicile de Djama est bondé. Le salon ressemble à une salle de cinéma. Sur les fauteuils, les chaises, au sol, partout des gens sont assis et suivent la télévision.

— Regardez tous qui est là ce soir ! dit Bobos d'un ton fier. Tous se retournent.

— Penda ! crient certains.

Ils sont près d'une vingtaine, la plupart des jeunes filles et garçons. La femme les connaît presque tous parce que nombre d'entre eux sont des ressortissants de Labiko, sa ville natale. Parfois même ce sont de proches parents. Elle va de surprise en surprise car chaque fois qu'elle lève sa tête, elle découvre une figure qu'elle a perdue de vue.

— Incroyable, tu es là aussi, depuis quand ?

Cette phrase est devenue son refrain. Elle conclut donc qu'elle est parmi les derniers à avoir fui Kouradambou. Korka et Djama sont sortis. Impatients et assoiffés de nouvelles des familles et du pays, ils éteignent la télévision. On lui pose mille et une questions à la fois, chacun voulant devancer l'autre. Penda donne d'amples informations, mais contourne, à la grande déception des curieux, les problèmes politiques. M'Boron lui a conseillé de faire attention à ce qu'elle dirait et où elle mettait les pieds : il y a partout des espions du régime de Bakéréba et on ne sait jamais qui est qui. Bakéréba lui-même ne disait-il pas que “l'Homme est un inconnu, connu” ? La plupart des gens qui sont ici sont soit des parents, mais on ne sait jamais sur qui l'on peut tomber.

À présent, Penda et les enfants ont fini de faire leur toilette. Korka entre, précédé de Djama.

— Pourquoi avez-vous éteint la télévision ce soir ? demande le maître de maison, sans même remarquer les nouveaux venus.

Les gamins se retournent en entendant la voix de leur père. Tous trois courent et lui sautent au coup, le couvrant de bises.

— Papa, notre Papa ! disent-ils.

Korka croit tomber des nues.

— Dieu est grand, vous voilà arrivés sains et saufs. Je ne pouvais m'imaginer que vous seriez là si tôt. Bobos me disait ce matin qu'il avait rêvé de votre arrivée. Quel sorcier, ce Bobos ! Il mérite une récompense.

La joie est si grande dans la maison que personne ne pense au dîner. Djama se lève et se dirige vers la cuisine, Sara dans les bras.

— Servez le repas, ordonne-t-il à ses sœurs.

Le service se fait trois fois. Dans la salle à manger qui jouxte le salon, une table de douze couverts est dressée pour recevoir les convives. Les femmes et les enfants mangent les premiers, ensuite les jeunes hommes et enfin les plus âgés, dont Djama et ses copains, parce qu'il s'assure toujours que chacun soit servi avant de passer à table. Comment donc arrive-t-il à nourrir toutes ces bouches ? Boyi et Pôtikérin en ont du monde, mais pas autant.

En effet, Djama bat le record de loin. En plus, chacun mange à sa faim. Tamaro a raison, la taille de cet homme n'égale pas son poids moralement. Pas très grand, une cinquantaine de kilos, à moins de quarante ans, Djama est un homme distingué, respecté de tous ses voisins et compatriotes. Sa générosité et sa modestie n'ont pas de limite. Penda est frappée par la mémoire et la simplicité de cet homme. Il traite tous ses pensionnaires à égalité. Il a un mot gentil pour tous, demandant comment chacun a passé sa journée, chahutant et riant avec tous. Chose extraordinaire, il n'oublie personne, ne brime personne et remarque chaque absence. Son sobriquet, “Djama” ou “Peuple” en français, lui convient à merveille. On n'aurait pas trouvé mieux pour qualifier ce personnage hors du commun. Il lui rappelle son propre père qui nourrit tous les fous et mendiants de Labiko.

L'appartement de Djama ressemble à un internat mixte. En plus de la cuisine, du salon et de la salle à manger, il comprend trois chambres à coucher, une salle de douche et un W.C. La chambre principale, composée de deux lits, Djama y dort avec ses amis, notamment Korka et Binani. Filles et garçons se partagent respectivement les deux autres. Certains parasites dorment au salon, dans la cuisine ainsi que le long du couloir.

Le lendemain de son arrivée, mardi, la nouvelle a déjà fait tâche d'huile. De tous les coins de la ville, les gens arrivent dans l'espoir d'acquérir des nouvelles fraîches du pays. Penda est étonnée du nombre impressionnant de compatriotes ayant, comme elle et son mari, fui le pays. Il s'agit pour la plupart d'étudiants soucieux de faire de bonnes études, de jeunes fonctionnaires de l'État en quête d'un avenir meilleur, ou de politiciens menacés par les exactions du régime dictatorial en place. Parmi les exilés, on peut compter également les commerçants, chauffeurs et autres corps de métiers. Du lever au coucher du soleil, l'appartement ne désemplit pas. Agacée par ces interminables et inopinées visites, Penda s'enferme dans la chambre des filles pour se reposer, refusant finalement de sortir. Toutefois, à la tombée de la nuit trois visiteuses pas comme les autres font leur entrée. En entendant frapper à la porte, Penda court et boucle sa porte.

— Reviens, lui dit Korka. Tes petites sœurs Natou, Déwi et Solè sont venues te voir.

Penda fonce au salon et tombe dans les bras de ses sœurs sorties du pays depuis une quinzaine de mois. Toutes les quatre fondent en larmes. À l'instar de centaines de jeunes filles ayant abandonné leurs études universitaires, Natou, Déwi et Solè ont pris le chemin de l'exil, mettant ainsi leurs parents devant le fait accompli. En les voyant, Penda se sent réconfortée ; elles ont bonne mine, malgré la galère qu'elles mènent depuis leur départ du pays. De leur côté, elles rassurent leur aînée tout en lui expliquant que l'exil est quelque chose de difficile à vivre ; il ne faut pas se leurrer, la vie n'est pas rose. Chacune d'elle habite chez des amis. Penda a le cœur gros, envie de crier sa douleur en voyant des gamines comme ses sœurs se lancer à l'aventure. Mais avant elles, d'autres de ses frères et sœurs sont partis, certains depuis plusieurs années et plus loin que la Côte d'Ivoire, notamment en Europe et aux États-Unis. Autant s'y faire et remercier Allah de lui avoir permis de revoir ses petites sœurs. Elles auraient tant voulu passer la nuit avec elle, mais Abidjan est une ville dangereuse pour les jeunes filles qui se hasardent tard dans la nuit, surtout lorsqu'on habite les quartiers chauds et populeux comme Treichville et Adjamé.

Chapitre III

Les jours se succèdent rapidement. En compagnie de ses sœurs, Penda apprend petit à petit à connaître la capitale ivoirienne. Elle est particulièrement frappée par le contraste entre les quartiers. Au centre de la ville, Plateau, le quartier des affaires, un véritable "Down Town américain" en miniature avec ses buildings de plusieurs étages, ses multiples banques, le Palais Présidentiel et l'Hôtel de Ville.

De l'autre côté de la Lagune Ébriée, après les ponts Félix Houphouët Boigny et Général de Gaulle, Treichville : son marché, la Maison du Congrès, les grandes avenues 8, 21, 24, 26, etc. et la fameuse rue 12, l'artère principale du quartier et d'autres localités telles que Marcory, Koumassi, Port-Bouet avec leurs maquis, ces restaurants aux spécialités ivoiriennes et africaines. Penda est surtout émerveillée par la beauté des quartiers chics, notamment Cocody, les Deux-Plateaux, rivieras Africaine et du Golf. Partout, les magasins regorgent de marchandises de toutes sortes allant de la pacotille aux objets de luxe tels que les bijoux et les boutiques de prêt-à-porter. Des centaines de bus et autres véhicules de transport quadrillent les quartiers de l'agglomération abidjanaise jusque dans les coins les plus reculés.

Malgré tout ce charme, Penda éprouve déjà une nostalgie pour son Kouradambou natal.

Un mois à peine après leur arrivée, Penda et Korka commencent à travailler. Elle, professeur dans un établissement scolaire, lui ingénieur dans une agence internationale d'aviation civile. Ils habitent un logement de fonction, situé dans la zone aéroportuaire réservée aux cadres supérieurs nationaux et étrangers employés dans l'agence. C'est une cité résidentielle, blottie dans une immense cocoteraie avec de magnifiques villas entièrement meublées et dotées de tout le confort possible, des ruelles pavoisées de fleurs tropicales de toutes sortes.

Tout autour des maisons, une épaisse haie de plantes parfumées se dresse pour protéger l'intimité des locataires. L'intérieur des cours constitue de véritables vergers. On y trouve des manguiers, avocatiers, bananiers, cocotiers et palmiers nains. Dans l'ensemble, il y fait bon vivre. Les enfants vont tous à l'école, les deux derniers au jardin d'enfants de la cité.

Penda est la seule à effectuer un long trajet pour aller travailler, son établissement étant situé à une quinzaine de kilomètres de leur domicile. Elle emprunte donc les transports en commun, les bus de la SOTRA. Elle adore faire ce périple quotidien, malgré certains incidents de la route car il lui permet de mieux connaître les différents quartiers de la ville. À chaque fois que le bus traverse Treichville, elle découvre de nouvelles choses. Treichville à elle seule, constitue une ville entière. Force est de reconnaître que parler d'Abidjan sans faire une mention spéciale à Treichville serait comme présenter une carte sans légende. En effet, Treichville est l'un des quartiers les plus animés de la capitale ; il ne se passe pas une journée sans qu'il ne se produise un fait divers qui brise la monotonie. Bus, taxis, charretiers et piétons se côtoient quotidiennement. Tantôt c'est un piéton qui se fait renverser par un véhicule ou qui renverse une bassine de gnamakoudji, tantôt c'est un accrochage entre les engins ou entre les marchands ou encore des policiers qui poursuivent des malfaiteurs. Le moins qu'on puisse dire, c'est que les spectacles ne manquent pas !

Un soir, alors que Penda finit tardivement son cours, comme d'habitude, elle emprunte le bus numéro 12 qui dessert Port-Bouet, son quartier. L'itinéraire est très long. D'Adjamé, son point de départ, il passe aux "220 logements", traverse le Plateau et le pont Félix Houphouët Boigny, avant de s'engager dans Treichville et rejoindre le boulevard de Biétri en passant par France-Afrique. Ce soir-là, le 12 est plein à craquer car on est vendredi. Autant de passagers assis que debout, de telle sorte qu'il contient deux fois plus que sa capacité normale. Penda occupe le siège placé juste derrière celui du chauffeur.

Dedans, un véritable brouhaha. Certains parlent sans arrêt racontant leur journée, d'autres se disputent. Dans la cabine, une jeune fille converse avec le chauffeur qui, loin de se concentrer sur la route, se laisse emporter par le charme de sa passagère. À plusieurs reprises, des personnes averties lui demandent de s'occuper de sa conduite. Et lui de répondre alors d'un ton arrogant :

— Occupez-vous de vos oignons, est-ce vous qui avez appris moi à conduire ? Moi gagné vrai permis dépi mainténant vingt ans, pas faux papier. Moi conduis même poids lourds dans tout pays.

Puis il continue de plus belle la conversation avec la demoiselle, comme pour énerver les intrus, quand soudain, sans s'en rendre compte, il passe au rouge un feu au niveau du carrefour situé à la sortie de la rue 12. L'inévitable se produit. Un Baka ayant la priorité et allant dans la direction opposée, fonce droit sur le bus. Les passagers n'ont pas le temps de réaliser. Le choc est si violent que, propulsée de son siège, la tête de Penda va cogner de la tête le rempart qui protège la cabine. Plusieurs autres voyageurs sont également éjectés de leur siège. C'est la panique à bord du bus ! Chacun veut descendre le premier. C'est la bousculade devant les portières. Quant au Baka, il a la devanture complètement bousillée.
Le conducteur du bus saute de son véhicule :

— Chauffard, où toi gagné ton permis ?

Il commence à bombarder le taximan d'injures.

— Attends sélément, ti vas voir dé quél bois, moi Zogbo, zé mé sauf.

— Pan, Pan encore.

Il administre une paire de gifles à son adversaire. Plus personne dans les deux engins, tous sont descendus pour suivre la rixe. Le carrefour est complètement bouché et provoque un grand embouteillage. Les autres chauffeurs klaxonnent, s'énervent, lancent des injures. "Quelle merde !" se dit Penda. Quelques-uns des passagers, les plus modérés, tentent en vain de raisonner Zogbo.

— Foutez-moi la paix, zé vé donné une léçon à cé bout d'homme. Zé vé botté les fesses à cé manzère dé mil. Il sé souvénir toute sa vie.

Il fonce à nouveau sur le chauffeur du Baka.

— Yako ! moi zé vé pas palabre, réglons à l'amiable, dit celui-ci.

Mais le conducteur du bus, bien que fautif, ne veut rien comprendre.

— OK, ti vé palabre, alors toi va l'avoir.

D'un tour de mains, il ôte son tee-shirt, recule, prend son élan sous les applaudissements des passagers et des badauds, puis envoie ses jambes musclées sur le gros ventre du malabar qui bascule et s'écroule. Encore des applaudissements. C'est vraiment David contre Goliath. Zogbo est un véritable mastodonte qui doit bien peser 90 kg. C'est un colosse aux pieds d'argile avec un visage joufflu orné d'une grosse barbe noire et de moustaches crochues, de gros yeux rouges qui témoignent qu'il est un véritable Bacchus. Il pue l'alcool. Au contraire, Klaklo, le chauffeur du Baka ne dépasse guère 1 mètre 65, mais son corps trapu et musclé lui confère l'allure d'un incontestable athlète. À ce qu'il paraît, il a été champion de judo et a une ceinture noire de karaté.

Les policiers ne sont toujours pas arrivés sur les lieux. La situation ne fait que s'envenimer. Zogbo croupit sur le sol, sous les coups de Klaklo qui, encouragé par la foule, ne se contrôle plus.

— Régadé-moi cette boule dé graisse. Lui pas moyén-moi.

Il frappe son adversaire sur le visage au point de lui arracher la mâchoire supérieure. Ce dernier couvert de sang, gueule de toutes ses forces, essayant de se débarrasser de ce nain, qui sous les applaudissements, frappe de plus belle. Penda est écœurée par le comportement irresponsable des spectateurs.

Mais que peut-elle faire, sinon suivre la malheureuse scène qui dure maintenant depuis une bonne dizaine de minutes. Enfin, une sirène se fait entendre, une voiture de police arrive à toute allure sur les lieux. Très vite le constat est fait. Le conducteur du bus a évidemment tort. En plus, il conduit en état d'ébriété. Les policiers l'embarquent dans le panier à salade. Il fait presque nuit, car à cause de son climat subéquatorial, le crépuscule tombe tôt à Abidjan.

Un autre bus 12 est dépêché pour continuer le trajet. Cette bagarre alimente toute la conversation, chacun des passagers voulant commenter à sa manière la scène, oubliant que tous l'ont suivie. Penda rentre ce jour-là très tard et fatiguée. Chez elle, tout le monde est inquiet. Ils sont tous postés sur la terrasse, le regard fixé sur le portail. Elle leur raconte avec humour le match auquel elle a assisté et leur confie sa grande déception face à l'indifférence des gens. À Kouradambou, les choses ne se passent pas ainsi, on sépare toujours les belligérants. Dans tous les cas, dans les grandes villes, chacun pour soi, Dieu pour tous. Pauvre Zogbo, il l'a cherché. Désormais, chaque fois qu'elle traverse ce carrefour, elle revit la scène. Cette nuit, Penda se couche plus tôt que d'habitude, épuisée par une longue journée, mais surtout parce que dès le lendemain à six heures, elle devra reprendre son itinéraire habituel sans savoir ce qu'il peut bien lui réserver. Le trajet Adjamé-Port-Bouet, Penda devra le parcourir des milliers de fois avec la même hantise. À la fin des cours, elle est toujours pressée de retrouver sa petite famille, d'autant qu'une quinzaine de kilomètres la sépare de son domicile.

Plusieurs mois se sont écoulés depuis que Korka et Penda ont quitté leur pays. Toujours aucune nouvelle de la famille. “Chaytane 76” bat son plein à Kouradambou. La situation est très dure. Peu de personnes arrivent à sortir. Les passeurs, même les plus téméraires, ont réduit leurs va-et-vient entre les pays. Plus le temps passe, plus le couple réalise la chance extrême qu'il a eue en se lançant dans une aventure aussi périlleuse. C'est vraiment une chance inouïe qui n'est pas donnée à tout le monde. Sortir sain et sauf de leur pays dans ce contexte et trouver en un laps de temps si court du travail ! Penda aurait tant voulu savourer son exploit et profiter de leur nouvelle vie, mais elle pense beaucoup à ses proches restés au pays et dont le sort la préoccupe terriblement.

Nous sommes vendredi. Il est environ vingt et une heures. Le feuilleton américain *Dallas* vient de commencer. À Abidjan, vendredi, nuit est sacré. À cette heure fatidique, plus personne dehors. Tout le monde est devant la télévision pour regarder les épisodes de la fameuse série. Chez Korka, tous sont au salon, les yeux rivés sur le petit écran, excepté Sara et Néima qui dorment déjà. Un silence de mort. Comme chaque vendredi soir, Moumouni le gardien, Akissi la bonne et Ninja le cuisinier, sont également de la partie. Personne ne veut rater les méchancetés de J.R., l'acteur principal du feuilleton. Ce soir, l'épisode est particulièrement captivant. Les deux protagonistes, J.R et Cliff Barnes, sont en train de se battre dans la piscine, tandis que de nombreux invités participent à la fête pétrolière organisée au Ranch par la famille Ewing. Soudain, dehors, le bruit d'un moteur se fait entendre.

— Qui cela peut être ? dit Moumouni.

Puis il se lève et court vers le portail, pressé de retourner devant la télévision pour ne rien rater de la bagarre dans l'eau. En une fraction de seconde, il revient, les yeux grandement ouverts dans lesquels on peut lire une certaine angoisse.

— Patron, patron, vous avez de la visite !

— Merde, crie Solè, qui peut bien nous déranger au moment où *Dallas* joue ?

— Pourquoi venir en ce moment ? ajoute Déwi.

— En tout cas moi, je ne raterai pas cet épisode, qui que ce soit, conclut Natou.

Sans même lui laisser terminer sa phrase, Modi Touladio, fait irruption dans la maison, accompagné d'une dizaine de personnes.

— *Assalam alaïkoum*, lance-t-il depuis les marches.

— *Alaïkoumoul Salam*, répond Korka, qui leur demande de prendre place.

Modi Touladio, le chef de la délégation, prend place sur le divan, suivi de Karamoko Ila, le marabout et d'El-hadj Douramni, leur propriétaire. Penda et ses sœurs occupent le petit salon, laissant la place aux autres visiteurs dans le grand. *Dallas* continue, laissant indifférents ces fans que pourtant rien n'aurait pu perturber. Cependant, à la vue de cette importante délégation, tous s'interrogent et s'inquiètent. "Je suis sûre qu'ils sont porteurs de mauvaises nouvelles. On a arrêté nos parents à Kouradambou", pense Penda. Énervée, elle se précipite sur la télé pour l'éteindre. Près d'un quart d'heure que les salutations durent. Impatiente, Penda a envie de crier sa douleur. "Pourquoi ne pas dire ce qui se passe ?" Son regard n'arrête pas de croiser les yeux de son mari et de ses sœurs. Touladio n'a toujours pas remarqué l'anxiété qui envahit leurs visages.

Enfin, il commence :

— Modi Korka, Djido-Bobo[6], Bandirabhè[7], se tournant à tour de rôle vers Korka, son épouse et ses belles-sœurs, excusez-nous de venir si tard vous rendre visite. Un petit arrêt. Dieu est grand, plus grand que tout car il nous a créés tous. C'est lui qui donne le bonheur mais aussi le malheur. Nous devons donc absolument croire en lui et le remercier pour tout. Dieu a dit "Soyez unis dans le meilleur et dans le pire..." Respectez vos pères et mères. Respectez aussi et surtout vos épouses, car derrière chaque grand homme se cache une grande dame.

Il souffle à nouveau. Les sœurs n'en peuvent plus. Elles se lèvent, entrent dans les chambres, reviennent à leur place, à la limite des sanglots. Indifférent, le vieux continue :

— Modi Korka, Djido-Bobo, Bandirabhè, si nous sommes ici ce soir en forte délégation, c'est pour vous faire part d'une nouvelle, une importante nouvelle qui nous concerne tous sans exception, y compris nos familles au pays ou ailleurs. C'est ainsi que notre communauté vivant à Treichville, Adjamé, Attiékoubé, Blokosso, Marcory, Koumassi, m'a confié la mission de venir vous annoncer cette nouvelle, accompagné des personnalités ici présentes. Modi Korka, Djido-bobo, Bandirabhè, nous sommes venus vous présenter...

Penda et ses sœurs tremblent de peur. Elles ont du mal à contenir leur émotion...

6) "mère des enfants"
7) "frères et sœurs"

— ...Oui, vous présenter le véhicule 1 000 kg, vingt-deux places, que notre frère Hottia, ici présent, vient d'acheter et qui est garé dehors devant votre portail. Je vous invite donc à aller le découvrir.

Korka et sa famille n'en croient pas leurs oreilles. Ils poussent tous un "ouf" de soulagement.

— Pourquoi tout ce cinéma pour annoncer l'achat d'un véhicule usager ? murmure Solè qui n'a pas sa langue dans sa poche.

Gênée par cette réflexion, Penda lui ordonne d'aller jeter un coup d'œil sur les enfants. Elle profite de l'occasion pour adresser ses félicitations aux deux épouses de Hottia qui ont toujours prêté assistance à leur mari. Korka remercie les visiteurs et particulièrement le commerçant pour son courage et sa persévérance. Il est presque vingt-trois heures quand ils prennent congé. *Dallas* est terminé depuis longtemps, à la grande déception de ses fans.

Cela fait plus de trois mois que Korka et sa famille ont aménagé à la cité ASECNA, située dans une cocoteraie à quelques centaines de mètres de l'océan Atlantique et de l'aéroport international de Port-Bouet. Hormis les bruits assourdissants des avions qui atterrissent et décollent parfois à des heures tardives, c'est un endroit calme et sympathique. La brise marine provenant de la côte apporte une fraîcheur aux nuits tropicales. Il y fait bon vivre. Comme chaque week-end, ils en profitent pour découvrir la ville. Ainsi, ce samedi ils proposent de se rendre à "Allokodrom" pour goûter les bananes alloko dont tous les Abidjanais raffolent. Allokodrom n'est autre qu'un point de vente en plein quartier Cocody. Au bout d'une bonne demi-heure de trajet, les voilà devant le hangar ou déjà attendent plusieurs dizaines de clients fervents. Il est presque dix-sept heures. Quel monde ! L'endroit dégage de multiples odeurs entre autres celles de poissons et de crevettes grillées ou braisées, de piments et d'oignons. Impossible de trouver une place où se garer à cette heure de l'après-midi. Korka fait descendre Penda et les gamins et fait plusieurs tours avant de trouver une place libre.

Pendant ce temps, la jeune femme intègre la file de ceux qui attendent d'être servis. La queue est interminable. Les gens circulent entre la cour et le hangar, qui avec une assiette, qui avec une feuille de banane, etc. Décidément, il faut s'armer de patience comme lui a dit Natou. Pour éviter la bousculade aux enfants, Korka les prenant par les mains, cherche des places à l'intérieur de la gargote. Certains clients se disputent, d'autres chahutent et apportent de l'humour pour détendre l'atmosphère. Les plus gourmands, impatients crient :

— Tantie Claire, suis-là oh ! Ecé-qué ti vois moi, pâdon, gaddé un pé pour mon ventre.

Penda aime bien ce français ivoirien qu'elle trouve naturellement drôle, bien qu'elle ait encore du mal à le comprendre. La plupart des clients appellent la patronne de la gargote, chacun avec son message particulier.

Il est presque dix-huit heures quand arrive enfin le tour de Penda.

— Bonzour Tantie, toi vé quoi, lui demande l'une des serveuses en souriant.

Penda hésite, puis commande deux assiettes d'alloko avec poisson braisé et grillé avec une sauce pimentée. Une fois servie, une grosse femme assise devant un petit comptoir lui tend la main.

— 100 CFA, dit-elle.

Il s'agit de Tantie Claire, la patronne de allokodrom. Drapée dans deux pagnes baoulé tissés, jaunes et noirs, elle porte un chemisier en satin noir qui se marie bien avec ses pagnes. Sur sa tête elle porte de belles tresses ornées de perles multicolores. Le tout lui confère l'allure d'une grande dame.

— Tiens, Tantie, toi, nouveau, n'est-ce pas ? interroge la gérante. Moi pas vi toi ici avant.

— En effet, je viens d'arriver à Abidjan.

— Mais moi, j'ai entendu parler de toi et de tes mets délicieux, répond la femme.

Puis elles continuent la conversation pendant cinq minutes. Tantie Claire se lève, se dirige vers la cuisine et revient avec une autre assiette remplie de bananes et de poissons grillés.

— C'est cadeau pour toi.

Penda est surprise par la générosité et la sympathie de cette femme. Ses sœurs ont donc raison, cette femme est exceptionnelle. Elle comprend alors pourquoi son restaurant est toujours bourré à craquer et par conséquent, le plus prestigieux de la capitale. Cela vaut vraiment le coup de se déplacer. Pendant qu'ils sont en train de savourer leurs plats, elle entend une voix qui l'interpelle :

— Diadia, diadia.

Elle se retourne. Quelle surprise lorsqu'elle reconnaît Miguel et Ringo, ses compagnons de voyage qui lui sautent au coup, tandis que les gosses s'accrochent à leurs jambes tout heureux de les revoir.

— Quel bonheur de vous retrouver tous deux sains et saufs !

Ils lui racontent alors comment ils ont réussi à tromper la vigilance des hommes de Bakéréba et comment ils se sont débrouillés pour arriver à Abidjan. Penda les félicite pour leur témérité et leur exploit. Ensuite, ils passent aux présentations de part et d'autre. Penda leur présente son mari, tandis que les étudiants leur présentent leur frère aîné Porès, médecin à Abidjan au CHU de Cocody. Penda apprend également que conformément à leur souhait, Miguel est inscrit en médecine, alors que Ringo est inscrit à la faculté des sciences économiques. Tous deux habitent la Cité Rouge, une résidence universitaire.

Depuis leurs retrouvailles, les liens se resserrent entre eux et la famille de Korka. Ils se voient régulièrement et ne se lassent pas de relater leur aventure. Ils sont devenus de vrais frères pour la jeune femme qui trouve beaucoup de réconfort en leur compagnie. Six mois après cette rencontre, Porès part pour la France où il a l'intention de poursuivre ses études en vue d'une spécialisation en anesthésie, laissant les deux garçons à Abidjan. La fin de l'année universitaire approche à pas de géant. Miguel et Ringo, attelés à préparer leurs examens, se font de plus en plus rares. Toutefois, chaque fois qu'elle le peut, Penda leur rend visite pour les encourager. Ils sont toujours aussi heureux de la recevoir, malgré leur calendrier chargé. Nous sommes à la mi-juillet, les résultats des examens sont proclamés. Tous deux sont admis en classe supérieure et doivent rejoindre Porès en France pour continuer leurs études. Le dernier samedi avant leur départ, Penda et Korka organisent un grand dîner-dansant en leur honneur pour leur témoigner leur gratitude au "Club-house", la salle de fêtes de la cité ASECNA. Ringo porte un joli costume gris cendre avec une chemise bleue, une cravate argentée et des chaussures noires fermées par de grosses boucles dorées. Miguel lui, a mis un costume marron clair, une chemise beige, des chaussures de marque "Tête Lapidus" et une cravate noire. On dirait deux boss. De nombreux amis de la famille et des étudiants sont invités. Au menu, plusieurs spécialités culinaires de Côte d'Ivoire et de Kouradambou. Pour l'animation, l'orchestre "African Virtuose", composé de musiciens de Kouradambou également en exil est réquisitionné. La salle est pleine à craquer. Même Sara et Néima sont de la partie.

Pour ouvrir la cérémonie, Korka prend le premier la parole. Il félicite encore une fois les deux jeunes hommes de leur sérieux dans leurs études et des résultats brillants qu'ils ont obtenus, malgré les lacunes auxquelles ils ont dû faire face durant toute l'année scolaire. Ensuite, c'est au tour de sa femme de retracer brièvement les péripéties de leur aventure, exprimer son admiration pour leur témérité et leur détermination, ainsi que sa sincère reconnaissance pour leur grandeur d'âme et leur sens des responsabilités, malgré leur jeune âge. Enfin, pour terminer, Miguel, l'aîné des deux, remercie le couple, Penda et toute l'assistance pour leur soutien moral et matériel. Quand les discours sont terminés, Korka et son épouse ouvrent le bal. À minuit, les vieux se retirent, laissant la fête aux jeunes. Malgré la réussite de la soirée, Penda n'a pas fermé l'œil. Penser que ses "frères bien-aimés" vont s'envoler le lendemain perturbe son sommeil. Ils sont si gentils avec ses enfants et toute sa maisonnée ! Que va-t-elle devenir sans eux ?

Cela fait maintenant plusieurs semaines que Ringo et Miguel sont partis en France. Comme promis, ils donnent régulièrement de leurs nouvelles. Ils ont retrouvé Porès et tout semble aller pour le mieux. Quant à Penda, toujours rien de nouveau à Kouradambou. Aucune nouvelle de la famille depuis son arrivée en Côte d'Ivoire. Elle a très peur, n'arrête pas de penser à tous les proches qu'elle a abandonnés. Pourvu que rien ne leur soit arrivé !

Un matin, en arrivant à son école, elle est surprise de trouver Alga, son compatriote et collègue qui l'attend au portail.

— Tu es vraiment matinal aujourd'hui, s'empresse-t-elle de lui dire. Que se passe-t-il ?

— Justement je suis venu tôt parce que j'ai des choses importantes à te confier.

À ces mots, la pauvre femme manque de tomber dans les pommes.

— A-t-on arrêté mes parents ? Je t'en prie, Alga, dis-moi tout ce que tu sais.

— Patience, répond ce dernier. On va aller dans la salle des professeurs, je vais tout t'expliquer avant l'arrivée des collègues.

Une fois à l'intérieur de la pièce, Alga explique à Penda que NGara, l'un des “trafiquants”, vient d'arriver et qu'il a même dormi chez lui. Rien ne va au pays. La situation socio-économique et politique ne fait que s'aggraver. Les arrestations se multiplient. Les postes frontaliers sont bourrés de fuyards.

Il parle ainsi longtemps quand, impatiente la femme demande :

— A-t-on arrêté mes parents ?

— Je ne crois pas, répond Alga, sinon NGara me l'aurait dit, car d'habitude, il ne me cache rien et puis d'ailleurs...

La sirène retentit. Il est huit heures. C'est l'heure d'aller en classe. Penda se lève difficilement et se dirige vers le bâtiment numéro 1 où l'attendent ses élèves, laissant son collègue fumer sa grosse pipe. La journée est longue et pénible. Penda dispense les cours sans vraiment avoir la tête à cela. Heureusement qu'il s'agit d'une simple répétition d'un cours de géographie qu'elle a tant rabâché dans les classes précédentes ! Quand elle rentre à la maison, le soir, elle a du mal à parler. Tout le monde remarque sa tristesse.

— Que se passe-t-il, demande Déwi, as-tu des problèmes à l'école ?

— Pourquoi cette mine d'enterrement ? enchaîne son mari.

— Rien de tout ça.

Puis elle leur rapporte les propos d'Alga.

— Oh ! ne te fie pas à ce que NGara raconte. Le plus souvent, il propage de fausses nouvelles et a l'art d'amplifier les choses. Ce n'est pas une personne fiable.

Mais Penda ne veut rien entendre. Pour elle, il y a eu un problème après leur départ. La semaine se passe dans l'angoisse. Ce week-end, contrairement aux autres, la famille reste à la maison, convaincue qu'un malheur est arrivé au pays. Comme tous les week-ends, Ablo, le cousin de Penda est là aussi. Couturier de son état, il est arrivé à Abidjan depuis plus de deux ans. Il suit un stage de perfectionnement en tailleurs hommes chez Maître Bakayoko, alias Alpaga, dont l'atelier se situe sur l'intersection de grandes artères : rue 12 et avenue 21 à Treichville.

Le lundi suivant, jour férié pour les écoles, alors que Korka et les autres sont à table, la sonnerie du portail retentit. Ninja, le cuisinier se précipite dehors pour l'ouvrir. Il est douze heures trente. Essoufflé, Ablo fait irruption dans le salon, la chemise complètement imbibée de sueur. Sur son petit visage rond, on lit l'anxiété qu'il ne prend même pas la peine de dissimuler, bien au contraire.

— Tiens, Ablo, que se passe-t-il, pourquoi es-tu là cette après-midi ? N'as-tu pas travaillé ? lui demande sa cousine.

Il hésite quelques secondes puis va prendre place dans la salle de séjour alors que d'habitude, il fonce droit sur la table à manger.

— Viens donc manger, dit Korka.

Le jeune homme, apparemment préoccupé, décline l'invitation.

— J'aimerais plutôt te rencontrer en particulier. Je n'ai pas beaucoup de temps, car le patron m'attend.

— Très bien, dit le maître de la maison qui se lève aussitôt et l'invite à le suivre dans la chambre des enfants.

Dans la salle à manger, tout le monde a perdu l'appétit. Les assiettes sont à moitié pleines. Penda et ses sœurs se regardent à tour de rôle, ne comprenant pas cette visite imprévue. Sans aucun doute, la même idée leur traverse la tête.

— Je suis sûre que cousin est venu annoncer la mauvaise nouvelle que nous attendons depuis des jours. Mon Dieu !

Pendant qu'elles rejoignent le salon, Solè, la plus espiègle des sœurs, s'avance dans le couloir, essaie d'ouvrir la porte de la chambre, mais elle est verrouillée, colle son oreille contre elle, rien ne filtre. Déçue, elle retourne rendre compte de la situation aux autres.

Penda fait alors le tour de la maison, colle son œil contre l'une des persiennes de la fenêtre de la chambre. Elle aperçoit les deux hommes assis sur le lit de Sara. Ablo parle sans arrêt, Pendra entend à peine ce qu'il dit parce qu'il parle tout bas.

— Koto, tu ne peux imaginer ce qui est arrivé. C'est la première fois que je suis confronté à un tel problème, c'est pourquoi je me suis trouvé dans l'obligation de venir. C'est entre toi et moi. J'ai honte, je ne voudrais pas que les autres soient mis au courant, surtout pas les enfants.

Impatient, Korka crie :

— Que se passe-t-il, bon sang ? Va donc droit au but, quelle que soit la nouvelle.

Il hésite, bégaie...

— Koto[8], excuse-moi si je t'ennuie.

De grosses larmes déferlent sur son visage joufflu.

— Euh, tu sais, Koto, j'ai, oui, j'ai...

Il explique d'une voix à peine audible que son maître lui a donné un pantalon à repasser et que par inadvertance il a brûlé l'une des pattes.

À présent, plus d'une dizaine de minutes se sont écoulées sans que la porte ne s'ouvre. Impatiente et à bout de nerfs, Penda, suivie de ses sœurs fonce dans le couloir.

---

8) "grand frère"

— Ouvrez, ouvrez cette porte ou on la défonce ! Vous n'avez aucun droit de nous cacher des choses. Ne sommes-nous pas tous concernés ?

Elles frappent de toutes leurs forces la porte. Contraint par ce vacarme, Korka ouvre la porte. Ablo est toujours assis sur le lit de Sara, le visage blême et les yeux rouges. Korka renvoie ses belles-sœurs et les gamins, puis ordonne à sa femme de les rejoindre. Elle prend place dans le lit de Néima, tremblotante comme une feuille.

— Répète-lui ton histoire pour qu'elle l'entende de vive voix, ordonne le mari.

Le jeune homme prend sa tête entre ses mains, sans oser regarder en face sa cousine, il recommence son histoire :

— Diadia[9], je commencerai par te présenter toutes mes excuses pour vous avoir dérangés au moment du déjeuner. Le malheur qui m'est arrivé est si fort que je ne pouvais pas attendre sans venir vous mettre au courant. Vous êtes tout pour moi ici dans Abidjan. Vous êtes ma famille... Ainsi, quand un malheur me frappe, il vous frappe également. Quand c'est le bonheur, c'est celui de nous tous... Nous devons rester soudés pour le meilleur et pour le pire parce que c'est le même sang qui coule dans nos veines. Aujourd'hui vous êtes grands, tandis que moi, je suis petit. Mais nous sommes même mère, même père... Je reconnais tous vos bienfaits envers moi depuis que nous nous sommes retrouvés à l'étranger. Je vous suis profondément reconnaissant et...

— Assez de discours inutile, dis-lui ce qu'il en est !

9) "grande sœur"

— Eh bien ! Penda, maître Alpaga, mon patron après avoir fini de coudre la tenue de soirée d'Ernesto Djédjé, le célèbre chanteur bété, le roi du Ziglibiti, m'a donc demandé de le repasser. Il fallait que l'ensemble soit prêt pour dix-huit heures parce qu'Ernesto doit participer à la soirée musicale organisée demain à l'hôtel Ivoire. De nombreux autres musiciens Ivoiriens sont également de la partie, notamment Baï Spinto, Jimmy Hyacinthe, François Louga, Alla Thérèse, Aicha Koné, reine Pélagie, Chantal Taïba, Nayanka Bell. Il y aura également des musiciens étrangers comme Manu Dibango, Myriam Makéba et sa fille Bongui, Assabia et le Français Claude François. Oui, ils seront tous là ce soir. Selon les propres termes d'Ernesto, ce sera une soirée exceptionnelle.

— Toute la ville est au courant de cette nuit des stars, interrompt Penda. Il y a des affiches à chaque coin de rue. La radio, la télé et les journaux en parlent depuis des semaines à longueur de journée et de nuit. Qu'est-ce qu'il y a donc ? Dis-le, moi je suis fatiguée de tes divagations.

— Bon voilà ! J'ai donc pris l'ensemble pour le repasser. J'ai commencé par le pantalon. J'ai branché le fer et c'est justement à ce moment que le téléphone a sonné. J'ai couru pour répondre et dans la précipitation, j'ai oublié de le débrancher. J'étais seul dans l'atelier, maître Alpaga étant parti faire des courses avec Américain, le second apprenti. Quant à Yao, il faisait l'ourlet sur une tenue dehors sur la terrasse. J'ai donc pris l'appareil téléphonique : “Allô, Maître Alpaga, ici, Ernesto ! Je suis entre Bouaké et Yamoussoukro.” “Non ! Le patron est sorti. C'est moi Ablo, son stagiaire (car Ablo a toujours refusé d'être assimilé à un apprenti), votre fervent admirateur.

Justement je suis sur votre pantalon pour le repassage. Il est presque prêt." "Très bien Ablo, je pense arriver en fin de journée. Ainsi, avant de rentrer chez moi, je passerai le prendre et je te donnerai un joli cadeau. Façon toi moyén content tu verras." Dès qu'il a raccroché, j'ai saisi le fer. Je ne pensais qu'au cadeau que j'allais recevoir d'une star comme Ernesto Djédjé. Sans faire attention, j'ai posé le fer chaud sur le tissu brillant, en soie. Une grosse fumée s'est dégagée. J'ai levé le fer et un trou énorme épousant la taille et la forme de l'appareil est apparu sur le bas du pantalon. Je n'ai pas eu fini de réaliser le dommage que Maître Alpaga est arrivé suivi de l'Américain.

"Ah ! Ça sent le brûlé !" Il a jeté un coup d'œil sur la table à repasser. "D'où vient cette fumée ?" Puis il s'est approché et a constaté le dégât causé."Je rêve ou pas ? Le pantalon d'Ernesto Djédjé !" Fou furieux, il a reculé, foncé sur moi. Je ne sais comment j'ai réussi à le semer et à me réfugier derrière la masse de chair de Yao. "Non, non et non ! tout sauf ça ! Yakoh ! Yakoh ! Est-ce bien le pantalon d'Ernesto qui est parti en fumée ?" Il a de nouveau foncé sur moi, cette fois m'a envoyé deux coups de poing sur la tête. J'ai cru que celle-ci avait volé en éclats tellement j'ai eu mal. "Ablo, tu es un homme mort car je vais te tuer", criait-il, à tel point que tous les badauds et voisins se sont précipités pour suivre la scène. Profitant de ce cafouillage, je me suis enfui pour venir vous voir et solliciter votre assistance... Il m'a dit que si je ne payais pas le pantalon, il me tuerait ou me jetterait en prison pour longtemps. Voilà grosso modo la raison qui m'envoie chez vous. Il faut donc que vous m'aidiez à régler ce problème.

Quand il eut fini de raconter sa mésaventure, Solè qui écoutait derrière la porte entrouverte, réagit violemment :

— Pourquoi tout ce cirque pour un morceau de tissu brûlé ? Vous nous agacez en fin de compte ! La dernière fois, c'était Hottia avec son vieux car vingt-deux places, aujourd'hui, c'est toi Ablo avec un pantalon brûlé ! Y'en a marre !

Il a fallu que sa sœur la ramène à la raison pour qu'elle se calme. Le couple décide donc de se rendre à Treichville afin de rencontrer le couturier et se mettre d'accord sur ce qu'il y a lieu de faire pour réparer le gâchis. Ce dernier, dans tous ses états continuait à vociférer en maudissant le garçon.

Korka entre seul dans l'atelier, laissant sa femme et Ablo dans la voiture.

— Bonsoir grand chef, dit-il une fois sur le seuil.

Maître Alpaga, qui tenait le pantalon devenu “pantacourt”, se retourne surpris. Sur son visage, la rage. On dirait que des flammes sortent de ses yeux rouges à cause des quantités d'alcool qu'il avale par jour.

— Ce salopard me le paiera cher, lance-t-il, sans même daigner répondre à la salutation de Korka. Oui, si je l'attrape, je le tuerai ou il finira ses jours à la prison de Yopougon.

Il jette alors le pantalon entre les mains de Korka.

— Regarde, quel gâchis ! Ce tissu vient directement de Paris. Ernesto l'a acheté lors de son dernier voyage en France, spécialement pour la soirée de demain. Il m'a toujours fait confiance. C'est moi seul qui confectionne ses vêtements. Il ne va pas tarder à venir pour récupérer son ensemble. Que vais-je lui dire ? Je suis foutu, cet imbécile m'a vraiment gâté.

Il ne tarissait pas d'injures. Enfin, un petit répit, le temps d'aspirer une gorgée de fumée dont l'odeur avait envahi la pièce. À ce qu'il paraît, l'homme peut fumer une douzaine de paquets de cigarettes en une journée et sa grosse pipe noire ne quitte jamais sa bouche dont les lèvres sont complètement rougies par le tabac, l'alcool et le cola. Profitant de cette minute d'accalmie, Korka s'approche de lui :

— Patron, je comprends votre réaction. Elle est tout à fait légitime, mais à l'impossible nul n'est tenu. Il ne sert à rien de s'égosiller, là n'est pas la solution.

Mais le couturier ne veut rien comprendre. Il crie alors de plus belle. Korka est gêné. Que faire ? Il est sur le point de partir quand le commerçant Libanais, ami et voisin direct d'Alpaga vient les rejoindre. Après un bon quart d'heure, il réussit enfin à calmer le tailleur, l'obligeant à écouter son visiteur. Korka commence à lui expliquer la situation.

— Ça va, je suis au courant. J'ai suivi la scène depuis le début. Je comprends très bien la fureur de mon ami. Perdre la confiance d'une star comme Djédjé, c'est perdre tout son prestige. Toutefois, on peut réparer le dommage parce que fort heureusement la soirée est prévue pour la nuit de demain.

Se tournant vers Korka, il propose de le faire accompagner chez son gendre, Mansour, le plus grand commerçant de tissus, dont la boutique se trouve au Plateau.

— Il vient justement de rentrer d'Europe, dit le Libanais. Il se pourrait qu'il ait le même tissu dans ses rayons. D'ailleurs, beaucoup de musiciens et d'artistes se ravitaillent chez lui.

Réconforté par cette proposition, Korka appelle son épouse pour l'en informer.

— Débrouillez-vous comme bon vous semble. Moi, je veux le tissu pour refaire le pantalon, dit Alpaga d'un ton ferme. Je le veux et tout de suite.

Sans perdre une seule seconde, le couple, accompagné d'un employé du vieux Libanais et d'Ablo, file chez Mansour en prenant soin d'emporter le reste du pantalon. La boutique de Mansour est l'une des plus luxueuses de la capitale. Située en plein quartier du Plateau, on aperçoit son enseigne lumineuse sur laquelle on peut lire “Top Model” à plusieurs centaines de mètres. C'est un immense magasin de trois étages, regorgeant d'articles de toutes sortes. Les tissus se trouvent au deuxième niveau. Grâce à une lumière vive et multicolore, on peut distinguer la nature et la qualité des ballots : des tissus en soie, coton, lin, taffetas, pied-de-poule ou Prince-de-Galles. Il y a également des tissus brillants, dentelles et guipures, wax hollandais, java anglais, basin et super basin. Penda tend le pantalon au gérant qui disparaît dans les rayons et revient cinq minutes après, un gros rouleau dans les bras.

— Voyez, c'est bien le tissu que vous cherchez. Vous êtes réellement veinards parce que je suis arrivé d'Europe il y a tout juste deux jours. C'est un magnifique tissu en soie noire garni de points brillants. Même au pays des blancs les stars en raffolent !

Le couple peut enfin pousser un “ouf” de soulagement.

— Combien coûte le mètre ? demande néanmoins la jeune femme.

— 15 000 francs CFA.

Penda et Korka se regardent.

— Mais puisque vous êtes recommandés par mon beau-père, je vous fais un bon prix : 12 000 francs CFA. OK ?

— Combien de mètres pour faire un pantalon ?

— Environ deux mètres.

Par précaution, ils en achètent un peu plus. Gêné, Ablo se confond en excuses et bénit le couple.

— Pourvu que cela ne se répète pas ! lui dit sa cousine.

Il est un peu plus de dix-sept heures quand ils retournent chez le couturier, un paquet en main. À la vue de leur voiture, le vieux Sabbah vient à leur rencontre pour les accompagner chez son ami. Alpaga et ses apprentis sont tous trois dans l'atelier ; les deux garçons travaillent tandis que leur maître noie ses soucis devant une grosse bouteille de Boch Solibra, cette bière tant appréciée des Ivoiriens. Un lourd silence pèse dans la pièce. Il saisit le paquet des mains de la femme.

— Regarde, chef, ton tissu est là.

Comme s'il revenait de loin, l'homme à moitié saoul, lève sa tête et retire brutalement le colis des mains du Libanais. Il le tourne, le retourne, le palpe à plusieurs reprises.

— Oui, c'est exactement la même qualité.

Il prend alors son centimètre, mesure le coupon :

— 2 mètres 50, c'est plus que ce qu'il me faut pour un pantalon ! Mais, tant pis, ça apprendra à cet idiot à faire attention.

Marché conclu, le couple remercie le vieux commerçant et prend congé, laissant Ablo entre les griffes de son maître qui pour finir, a promis de clore l'incident. La nuit est déjà tombée quand ils arrivent à la maison. Natou, Déwi et Solè ainsi que les enfants, les attendent avec impatience.

— Tout est bien qui finit bien, s'empresse de leur dire Penda.

Alors tous éclatent de rire et se moquent d'Ablo qui se faisait passer pour un expert dans la confection des costumes pour hommes.

Cette nuit, Ninja, sur la demande de sa patronne sert le dîner plus tôt que d'habitude parce que Korka doit partir pour son service à l'aéroport. Le journal télévisé vient de commencer ; le speaker, avant d'annoncer les grands titres, lit un avis de décès qui vient de lui parvenir. Il annonce alors la mort accidentelle de Ernesto Djédjé, le roi du Ziglibiti, survenu sur la route de Bouaké en provenance du Burkina Faso où il était parti donner un concert. Korka, qui était sur le point de franchir la porte fait demi-tour.

— Incroyable, dit-il. Ai-je bien entendu ? Ernesto Djédjé, mort ?

— C'est pas vrai, je ne peux pas le croire, ajoute sa femme, et dire qu'il a parlé au téléphone avec Ablo en fin de matinée. Et maître Alpaga avec tout ce qu'il nous a fait comme scène ? Pauvre Ernesto !

Néima, qui adorait ce grand chanteur éclate en sanglots. Cette nouvelle fait l'effet d'une bombe dans la maison. Tous aimaient le roi du Ziglibiti. Dans la cité, les gens pleurent, sortent dans la rue pour crier leur douleur. Un deuil national de deux jours est décrété, annulant ainsi la nuit des stars prévue pour le lendemain à l'hôtel Ivoire.

Chapitre IV

Nous sommes dimanche. Une pluie diluvienne s'abat sur la ville depuis l'aube. Impossible de sortir. Les filles sont sur la terrasse. Natou fait des nattes à Néima. Déwi, de ses petites mains fines, tricote un napperon destiné pour décorer la table d'apéritif tandis que Solè est en train de pétrir de la farine pour faire de petites galettes. Quant à Penda, elle fixe des boutons sur l'ensemble de Sara qu'elle a acheté la veille, alors que Korka coupe les cheveux de Yala dans la chambre. Bref, chacun est occupé, excepté Ninja qui en profite pour se reposer dans le jardin avant l'heure du repas du soir. Solè ne tarit pas d'histoires drôles qui font rire tout le monde. Un klaxon retentit dehors. Ninja, qui dort profondément ne l'a pas entendu. Solè, la cadette des sœurs, se lève et va ouvrir le portail.

— Qui ça peut bien être sous une pluie aussi battante ?

Sa curiosité est vite satisfaite, car en quelques secondes, Karo fait son entrée dans la cour.

— Bonne arrivée Karo ! dit la maîtresse de maison, expression ivoirienne qui signifie “bienvenue”, puis elle tire le fauteuil en bambou placé à côté du sien.

— Assieds-toi Karo. Quand es-tu rentré de Kouradambou ?

— Ce matin, aux environs de midi, par Ghana Airways. J'ai juste déballé mes bagages et j'ai foncé ici vous voir. Mais où est donc Korka, j'ai un message à lui transmettre de la part d'un de ses amis de Diongas.

— Il est en train de coiffer Yala dans sa chambre, je vais le chercher.

— Non, inutile, j'irai le trouver là-bas comme ça, on pourra parler tranquillement.

Cette réponse intrigue Penda et ses sœurs, qui d'ailleurs ont toutes remarqué un changement chez le visiteur. D'habitude, l'homme d'affaires est toujours gai, souvent débordant. Mais cette après-midi, il a l'air perturbé, triste.

— Je crois que cette fois, il n'y a pas de doute possible, dit Penda. Karo est porteur d'une mauvaise nouvelle, sinon pour quelle raison serait-il sorti par ce temps de chien ? Mieux, chaque fois qu'il est rentré du pays, il est toujours passé nous voir quelques jours après. Parfois même, il se contente simplement de nous téléphoner.

— Tu as raison, Diadia, il y a quelque chose qui cloche chez lui, approuve Natou. J'ai peur.

Les commentaires vont bon train sur la terrasse, quand soudain Korka surgit de la chambre suivi de Karo et de Yala.

— Mesdames, venez vite au salon, j'ai à vous parler.

Toutes trois tremblent de peur.

— Bien, notre ami Karo est arrivé ce matin même de Diongas. Beaucoup de parents sont arrêtés et jetés en prison, notamment le papa, Thierno Afia, la maman Nanta et Ndolly de votre côté. De mon côté, ma mère, mes deux cousins Badara et Tiaghé.

Les sœurs éclatent en sanglots. Penda se roule à terre, pleure plus fort que les autres pour exprimer sa douleur. Elle se sent responsable de cette situation. Elles pleurent des heures. Les hommes sont extrêmement bouleversés par cette mauvaise nouvelle. Mais que faire ? Quand enfin ils réussissent à calmer les filles, Karo consent à fournir des informations sur ces vagues d'arrestations :

— Un soir, alors que Thierno Afia revenait de la mosquée après la prière du crépuscule, il remarque une camionnette de marque russe garée le long du trottoir devant sa maison. À l'intérieur, les forces de l'ordre armées jusqu'aux dents. Il s'avance et salue. Pas de réponse, plutôt un interrogatoire. “Est-ce toi, Thierno Afia, le père de Penda Sala et beau-père de Korka Baïlo ?” “Oui, c'est moi.” Sitôt dit, deux d'entre eux le saisissent et le jettent dans le véhicule où trois autres hommes, les fusils braqués sur lui attendaient. Cette scène s'est passée en présence des deux épouses du vieux, de ses nombreux enfants, des voisins et des curieux. La camionnette détale à toute pompe devant une foule à la fois indignée et impuissante, laissant derrière elle sanglots et mépris. Une seconde étape, dans le même quartier, chez Nanta, la troisième épouse de Thierno. Celle-ci vient de terminer sa prière. Assise sur sa grande terrasse, elle égrène son chapelet et surveille en même temps son repas du soir qu'elle est en train de préparer sur son fourneau à charbon. La pauvre ne se doute de rien, quand elle entend un bruit de brodequins sur le gravier qui garnit sa cour. Elle se retourne. “Nantasira, la mère de Penda ?” “En effet, c'est bien moi.” Les deux gaillards pointent leur fusil sur elle. “Allez, debout et suis-nous ! Tu es en état d'arrestation ! Ta fille et son mari ont fui. Vous paierez cher pour ça.” La vieille n'a même pas le temps d'enfiler ses chaussures que deux bras énormes la saisissent et la jettent à son tour dans la camionnette à côté de son époux qui disparaît dans la pénombre. Seule, la domestique et quelques voisins ont pu assister à la scène. Le véhicule continue dans la famille de Korka pour ramasser la vieille Nen Djolou, sa mère alors âgée de quatre-vingt six ans et son cousin Badara. À la vue des hommes en uniforme, la vieille qui en a toujours eu une peur bleue pour avoir subi l'époque coloniale, tombe dans les pommes et est transportée à l'hôpital de la ville où les infirmiers ont eu toutes les peines du monde à la réanimer. Quant aux autres, ils prennent une destination absolument secrète et inconnue puisque la camionnette est complètement couverte d'une épaisse bâche.

Une pause et Karo continue son récit.

— Cependant deux semaines après leur détention au camp militaire de Labiko, car c'est bien là qu'ils ont été séquestrés les premiers jours, les trois prisonniers sont déférés à la maison d'arrêt de Diongas où, à leur grande surprise, ils retrouvent Ndolly, Salami et Koutino, incarcérés parce que proches parents et soi disant complices des fuyards. On sait que le poste professionnel de Ndolly était très convoité à cause des maigres privilèges dont elle bénéficiait. Les jaloux tenaient coûte que coûte à l'évincer pour le récupérer. Le prétexte était tout trouvé en l'accusant de cautionner le départ de sa sœur aînée.

— Arrête, assez ! crie Penda qui se roule à terre.

Ses sanglots alertent toute la cité ASECNA.

— Je n'en peux plus !

Sa révolte et sa douleur n'ont pas d'égal. Jamais elle ne s'est sentie aussi malheureuse. Tout le monde pleure à chaudes larmes. Les voisins accourent. Une fois informés, ils se retirent un à un, indignés d'une telle violation des droits de l'homme. Embarrassé, Karo demande la route. Il est presque vingh-et-une heures.

Korka le remercie et le raccompagne jusqu'au portail. Penda est au bord de la crise et ne pense plus qu'à une seule chose : retourner au pays pour se constituer prisonnière si cela peut libérer ses proches. Depuis l'annonce de cette affreuse nouvelle, elle ne dort plus, ne mange pratiquement rien. Elle dépérit à vue d'œil. Dans leur belle villa, c'est la tristesse, la désolation. La nouvelle se répand rapidement. Les gens défilent chez eux jour et nuit pour leur apporter leur soutien moral. Certains ont vécu des choses pires. Chacun donne son exemple pour réconforter la famille de Korka. La solidarité est si forte dans la communauté kouradambaise résidant à Abidjan, que, la foi aidant, Penda et les siens acceptent la situation. Il ne lui reste qu'à prier Dieu afin que tous ceux qui ont été emprisonnés soient libérés.

Cela fait près de trois mois que ses parents ont été arrêtés. Aucune nouvelle. Le désespoir s'installe de jour en jour. Mais voilà qu'une nuit, vers vingt-trois heures, le téléphone sonne. Penda ne dort pas, elle prépare son cours pour le lendemain. Elle se précipite et décroche l'appareil. C'est Yatou, sa petite sœur qui l'appelle de Paris pour lui annoncer que Thierno Afia, leur père, Natansira, leur mère et Ndolly leur sœur, y compris les deux cousins de son mari sont tous libérés. Penda est si surprise, qu'elle demande :

— Ai-je bien compris ce que tu viens de dire ? Tous sont libérés ?

— Oui, c'est bien vrai, ils sont tous acquittés. Je l'ai appris par notre oncle Marbella qui est en mission à Moscou et qui vient juste de m'appeler, il y a un quart d'heure. D'ailleurs, notre père et notre mère sont même rentrés à Labiko où ils ont été accueillis comme des héros. Quant à Ndolly, elle aurait même repris le travail. À la maison, tous poussent un “ouf” de soulagement. Néanmoins, un scepticisme planera encore longtemps dans la tête de Penda, car, d'une manière générale quand on tombe dans les filets de Bakéréba et de ses hommes, on peut facilement passer des années en prison ou même y laisser sa peau. Plusieurs jours se sont écoulés depuis ce coup de fil de Yatou, quand, un matin, NGara le passeur, arrive, muni d'une enveloppe toute froissée qu'il remet à Penda de la part de son père. Celui-ci confirme leur libération et lui explique que l'homme suit son destin. En conséquence, ni elle, Penda, ni son époux, ni aucune autre personne n'est responsable de ce qui est arrivé. La lettre est très succincte et s'en tient à l'essentiel. Il la bénit et prie Le Tout Puissant de guider ses pas dans l'exil afin qu'elle et sa famille vivent en paix.

Postface

Malgré tout, Penda a beaucoup souffert de ces actes criminels et arbitraires. À ce jour, elle continue d'en souffrir en pensant à ce qu'elle a causé comme dommages à tous ceux qui ont payé pour elle et qu'elle aime pourtant de tout son cœur. Cette histoire lui rappelle l'œil de Caïn. Elle la suivra jusque dans sa tombe. Elle a tenu à écrire ce roman qui, même s'il est par moment imaginaire, reste toutefois réel dans la mesure où il est le témoignage vivant d'une histoire vécue.

Ce roman a été écrit dans l'objectif ultime d'immortaliser les mémoires de certains personnages aujourd'hui disparus, mais surtout d'exprimer ma très profonde gratitude à ceux qui vivent encore et qui ont payé de leurs souffrances morales et physiques pour des actes auxquels ils n'ont jamais été mêlés et que j'aime de toutes mes forces. Par respect pour eux, morts ou vivants, je n'ai pas voulu décrire ici leurs conditions de détention.

Je saisis cette occasion pour exprimer ma reconnaissance à tous ceux qui de près ou de loin nous ont apporté leur assistance morale et matérielle à Kouradambou ainsi que durant les nombreuses années passées en exil. Inutile de les nommer car en lisant ce livre, ils se reconnaîtront.

Par ailleurs, j'ai écrit cet ouvrage par amour pour mes enfants Néima, Sara et Yala qui m'ont accompagnée dans cette aventure rocambolesque et qui se sont toujours montrés très courageux et dignes, quelle que soit la situation. Je voudrais leur laisser ce témoignage sans lequel une partie importante de leur vie serait perdue. Très jeunes à l'époque, ils peuvent ne pas s'en souvenir.

Ce roman, enfin, pour rappeler que le passé n'est jamais loin. Essayer de l'ignorer pour s'accrocher au présent c'est fausser l'avenir. Si aujourd'hui, les choses sont ce qu'elles sont, c'est grâce aux sacrifices inestimables des uns et des autres. Il ne faut surtout pas oublier que “derrière chaque grand Homme, se cache une grande Dame”.

TABLE DES MATIÈRES

L'impression et le façonnage
de cet ouvrage
ont été effectués
à l'Imprimerie LUSSAUD
85200 Fontenay-le-Comte

Dépôt légal 4e trimestre 2000
n° 3269
N° d'impression : 201 759